Días de ira, noches de pasión

Jacqueline Baird

Bianca™

HARLEQUIN™

Editado por HARLEQUIN IBÉRICA, S.A.
Núñez de Balboa, 56
28001 Madrid

© 2008 Jacqueline Baird. Todos los derechos reservados.
DÍAS DE IRA, NOCHES DE PASIÓN, N.º 1880 - 12.11.08
Título original: The Billionaire's Blackmailed Bride
Publicada originalmente por Mills & Boon®, Ltd., Londres.

I.S.B.N.: 978-84-671-6613-2
Depósito legal: B-40752-2008
Editor responsable: Luis Pugni
Preimpresión y fotomecánica: M.T. Color & Diseño, S.L.
C/. Colquide, 6 portal 2 - 3º H. 28230 Las Rozas (Madrid)
Impresión y encuadernación: LITOGRAFÍA ROSÉS, S.A.
C/. Energía, 11. 08850 Gavá (Barcelona)
Fecha impresion para Argentina: 11.5.09
Distribuidor exclusivo para España: LOGISTA
Distribuidor para México: CODIPLYRSA
Distribuidores para Argentina: interior, BERTRAN, S.A.C. Vélez
Sársfield, 1950. Cap. Fed./ Buenos Aires y Gran Buenos Aires,
VACCARO SÁNCHEZ y Cía, S.A.
Distribuidor para Chile: DISTRIBUIDORA ALFA, S.A.

Capítulo 1

NO puedo creer que hayas elegido esto para mí –Emily Fairfax, sentada frente a su hermano Tom y su mujer, Helen, en el salón de baile de un lujoso hotel de Londres sacudió la cabeza–. Llama demasiado la atención –añadió, un rubor tan rojo como el vestido cubriendo sus mejillas.

–Venga, Emily. Estás muy guapa –la animó Tom–. Éste es el baile de disfraces anual para el proyecto Ángel de la Guarda, el proyecto favorito de papá. Y a él le habría hecho gracia que todos viniéramos disfrazados de ángeles y demonios. Papá tenía mucho sentido del humor. ¿Te acuerdas en el cumpleaños de mamá, cuando insistió en que todos nos vistiéramos como caballeros y escuderos?

–Pues claro que me acuerdo. La mayoría de las mujeres acabaron pareciendo jovencitos, con los jubones y los leotardos… a veces me preguntaba si papá tendría tendencias homosexuales –replicó ella, volviéndose para mirar a su cuñada–. Pero esto es diferente, Helen.

–¿Por qué?

–No tiene gracia tener que embutirse en un traje

de látex rojo que me queda pequeño. ¿En qué estabas pensando cuando lo compraste?

Helen la miró con un brillo travieso en los ojos oscuros. Tom y ella, novios desde la universidad, eran los orgullosos padres de una niña de once meses que nació una semana antes de que su padre muriera de un ataque al corazón. La niña se llamaba Sara, como su abuela, que había muerto tres años después de una larga batalla contra el cáncer.

–No sé de qué te quejas. Estás estupenda. Embarazada de cuatro meses y medio yo tengo la misma talla de busto que tú. Además, me lo probé para ver si me valía –sonrió Helen.

–¿Y no se te ocurrió pensar que tú mides un metro y medio y yo mido un metro setenta y ocho? –protestó Emily–. Casi me rompes el cuello para meterme la capucha. Aún me sigue doliendo.

–Si hubieras venido a Londres ayer, como deberías, habrías tenido tiempo de probarte el disfraz. Pero en lugar de eso te quedaste en Santorini tomando el sol. Y no te enfades conmigo. Al fin y al cabo te corté la capucha para que pudieras llevar los cuernos como diadema –Helen soltó una carcajada.

Emily se mordió los labios para no reír también. Helen tenía razón, debería haber vuelto de la isla de Santorini el día anterior. La culpa era suya, pero no pensaba dejar de meterse con su querida cuñada.

–Si tuvieras un poco de sentido común, me habrías comprado un disfraz de ángel. Como el tuyo, por cierto. ¿No es lo más lógico que las mujeres vistan de ángeles y los hombres de demonios? Como el tonto de mi hermano…

–Perdone –una voz masculina la ...

Hola, Tom, me alegro de volver a verte...

–Antonio, me alegro de que hayáis ...

nir.

Emily miró al hombre que la había interrumpido tan groseramente. Estaba de espaldas a ella, apartando una silla para su acompañante, una fabulosa morena vestida de ángel… o algo así. Llevaba un vestido casi diáfano, dorado y blanco, que revelaba más de lo que un ángel debería revelar.

Al menos su traje rojo la tapaba de la cabeza a los pies, se consoló. Aunque había tenido que bajarse la cremallera unos centímetros para que aquella cosa no la ahogase. No era de su estilo, desde luego. Ella sabía que tenía un cuerpo bonito, pero no estaba acostumbrada a lucirlo tan descaradamente.

–Te presento a mi amiga Eloise –siguió el hombre– y a mi mano derecha, Max –añadió, señalando a un hombre de mediana edad y constitución fuerte.

Luego, el extraño se volvió hacia ella.

–Emily, ¿verdad? Tom me ha hablado mucho de ti. Encantado de conocerte. Soy Antonio Díaz –una mano grande tomó la suya y Emily la estrechó, preguntándose de qué conocería su hermano a aquel hombre y por qué nunca lo había mencionado.

Entonces, de repente, se le quedó la mente en blanco y una extraña sensación, como una corriente eléctrica, hizo que se le pusiera la piel de gallina. Nerviosa, apartó la mano y levantó la mirada.

Y tuvo que levantarla mucho. El hombre debía

ledir más de metro noventa. Sus ojos se encontraron con unos profundos ojos oscuros, casi negros…

Era como una pantera: poderoso, letal.

Emily tuvo que carraspear, nerviosa, para aclararse la garganta. No era típico de ella reaccionar así.

Como las presentaciones siguieron, pensó que nadie lo había notado, aunque no podía estar segura. Tenía la boca seca y no era capaz de apartar la mirada del alto extraño vestido de negro de los pies a la cabeza. Un jersey negro de cuello alto delineaba su impresionante musculatura. Una capa corta cubría sus anchos hombros, cayendo por su espalda como las alas de un murciélago.

Debería tener un aspecto ridículo con ese disfraz, como la mayoría de los presentes, pero en su caso no era así. Al contrario, si alguna vez un hombre había parecido un demonio…

Oscuro y peligroso, pensó, con el corazón inexplicablemente acelerado. Le costaba trabajo respirar y no tenía nada que ver con el traje de látex.

El hombre tenía el pelo negro, liso, ligeramente más largo de lo normal; unas cejas oscuras enmarcando unos ojos casi negros, pómulos altos, nariz romana, una boca sensual y una sonrisa perfecta de dientes blanquísimos. Pero esa sonrisa no podía enmascarar del todo la frialdad de sus ojos.

No era convencionalmente guapo, sus facciones demasiado grandes y duramente cinceladas. Brutalmente guapo… sí, ésa era una descripción mejor.

Había algo insultante en cómo sus ojos negros se clavaron en su escote, pero incluso reconociendo la insolencia masculina, Emily suspiró, aliviada, cuando se sentó a su lado.

Podría ser peor, se dijo a sí misma. Al menos teniéndolo a su lado no tenía que mirarlo a la cara.

Instintivamente reconoció que era un hombre totalmente seguro de sí mismo, conocedor del efecto que ejercía en las mujeres y, discretamente, cruzó los brazos sobre el pecho para disimular que sus pezones se marcaban bajo el traje de látex. Un seductor sofisticado con un aura de poder que intimidaría a cualquiera, hombre o mujer. No, no era su tipo en absoluto...

Aun así, debía reconocer que era un hombre tremendamente sexy, como indicaba la sorprendente respuesta de su cuerpo.

—Debería darte vergüenza ser tan sexista —dijo él entonces, con tono burlón.

—¿A qué se refiere, señor Díaz? —preguntó Emily con fría amabilidad.

—En un mundo de igualdad entre los sexos es inapropiado pensar que todas las mujeres deberían vestir de ángeles y los hombres de demonios, ¿no te parece? Y dado el fantástico traje que llevas, un poco hipócrita, además.

—En eso tiene razón —comentó Helen y todos rieron.

Todos menos Emily.

—Este traje lo eligió mi cuñada, que tiene un sentido del humor muy retorcido. Y veo que usted va vestido de demonio, lo cual demuestra mi teoría. Aunque parece haber olvidado los cuernos.

—No se me han olvidado. Yo no olvido nada —re-

plicó él, mirándola a los ojos con un descaro que
aceleró su pulso–. No soy un demonio. Soy más
bien… un ángel caído.

Sí, era el disfraz perfecto para él. Negro y amenazador. Emily lo miró a los ojos y le pareció ver
algo un brillo de… ¿ira? ¿Por qué? No tenía ni idea,
pero decidió que debía controlar su loca imaginación. Ningún hombre la había afectado nunca de esa
forma. Había conocido a muchos y se había sentido
atraída por unos cuantos, pero nunca de esa forma.

Tenía veinticuatro años, era arqueóloga marina
y había pasado los dos últimos, después de terminar la carrera, haciendo prácticas. Sus colegas eran
en su mayoría hombres, exploradores, buceadores
y compañeros arqueólogos, dedicados a localizar
pecios y artefactos en el fondo del mar. Algunos de
ellos le parecían atractivos, pero nunca había sentido aquel calor, aquella excitación que Antonio Díaz
despertaba con una sola mirada.

«Tranquilízate», se dijo. Había ido con una mujer guapísima que debía ser su novia y, mientras
ella se consideraba pasablemente atractiva, no era
competencia para la tal Eloise.

¿Competencia? ¿En qué estaba pensando?

A los veintiún años, después de un desastroso
compromiso que había terminado abruptamente
cuando encontró a su prometido en la cama con su
compañera de facultad, había decidido olvidarse de
los hombres para siempre.

Nigel era contable en la empresa de su padre.
Un hombre del que se había enamorado a los dieciséis años; un hombre que la había besado el día que

cumplió los dieciocho, diciendo sentir lo mismo por ella; un hombre que le había ofrecido consuelo y apoyo cuando su madre murió y cuya proposición de matrimonio había aceptado poco después. Un hombre que, cuando lo encontró en la cama con su compañera, admitió que llevaba un año engañándola. Su compañera, y supuesta amiga, clavó un poco más el cuchillo en su corazón diciéndole que era una tonta; Nigel sólo estaba interesado en ella por su dinero y sus contactos.

Lo cual era de risa. Sí, seguramente la casa de sus padres valía millones, pero ellos vivían allí, habían vivido allí durante generaciones. Y aunque el negocio familiar aportaba dividendos a los accionistas todos los años, no era una fortuna. Pero en ese momento, sintiéndose traicionada, juró que jamás competiría por un hombre. Y, la verdad, durante los años siguientes nunca había sentido la necesidad de hacerlo. Quizá por eso no había vuelto a tener una relación importante, pensó, irónica.

—Sí, claro, ahora lo veo —respondió por fin—. Un ángel caído.

—Te perdono —dijo Antonio con una sonrisa que le robó el aliento.

—No recuerdo haberme disculpado —replicó ella cuando pudo hablar.

En ese momento llegaron los dos últimos invitados y Emily suspiró aliviada. Eran su tía Lisa, la hermana mayor de su padre, y su marido, James Browning, que además era el presidente del consejo de administración de Ingeniería Fairfax desde la muerte de su padre.

Pero un comentario de Antonio Díaz, hecho en voz baja, volvió a sorprenderla:

–Pero si te gusta más un demonio, seguro que se puede arreglar.

Emily lo miró, atónita. ¿Habría oído mal? ¿Estaba coqueteando descaradamente con ella sin conocerla de nada… y con su novia al lado?

Después de la cena, cuando la orquesta empezó a tocar y Antonio y Eloise fueron a la pista de baile, Emily no podía dejar de mirarlos. Hacían una pareja fabulosa. Y por cómo se apoyaba Eloise en él no había duda de que entre ellos había una relación íntima.

Emily se volvió hacia James para preguntarle lo que llevaba casi una hora deseando preguntar: ¿Quién era Antonio Díaz?

Según su tío, era el fundador de una empresa que conseguía enormes beneficios comprando, reestructurando y volviendo a vender empresas por todo el mundo. Por lo visto, era un hombre de gran influencia y poder. Y extremadamente rico. Era reverenciado en todo el mundo como un genio de las finanzas. Su nacionalidad no estaba muy clara; su nombre era hispano pero algunos lo consideraban griego porque hablaba el idioma como si hubiera nacido allí.

Había rumores de todo tipo sobre él. Según su tía Lisa, su abuela había sido madama de un burdel de lujo en Perú y su madre la amante de un magnate griego. Antonio Díaz, decían, era el resultado de esa relación.

Su tía también le contó que tenía una magnífica villa en una isla griega, una enorme finca en Perú, un lujoso apartamento en Nueva York y otro en Sidney. Recientemente había adquirido un prestigioso edificio de oficinas en Londres, en cuyo ático residía cuando estaba en la ciudad, y seguramente tendría más propiedades. Ah, y las fiestas que organizaba en su yate eran famosas.

James intentó dejar a un lado los cotilleos, contándole que había conocido a Antonio unos meses antes en una conferencia en Europa, donde se hicieron amigos. De ahí que Tom lo hubiese invitado esa noche. De hecho, los expertos consejos de Antonio Díaz habían sido fundamentales para su decisión de diversificar y ampliar Ingeniería Fairfax, le dijo su tío casi con tono reverencial.

Para Emily era una noticia que la empresa familiar necesitara diversificarse y ampliarse, pero no tuvo tiempo de hacer preguntas porque su tía volvió a intervenir. Aparentemente, Antonio era un soltero tan famoso por las mujeres con las que había mantenido relaciones como por su habilidad en los negocios. Sus incontables aventuras con modelos y actrices eran, aparentemente, documentadas por la prensa del corazón.

En realidad, eso fue un alivio. De modo que su reacción ante aquel hombre era normal… emitía un magnetismo animal que probablemente afectaba a todas las mujeres de la misma forma. Y si había que creer lo que contaban de él, Antonio Díaz se aprovechaba bien de eso. No era el tipo de hombre con el que una mujer que se respetase a sí misma quisiera tener una relación.

Después de su desastroso compromiso con Nigel, Emily tenía ideas muy firmes sobre el tipo de hombre con el que quería casarse. Quería uno en el que pudiera confiar. Desde luego, no un mujeriego famoso en todo el mundo. Además, ella no tenía prisa por casarse. Le gustaba demasiado su trabajo como para interrumpir su carrera por un hombre.

Tomando un sorbo de café, sonrió cuando sus tíos se levantaron para ir a la pista de baile. Luego, mirando alrededor, comprobó que en la mesa sólo quedaban Max y ella.

Ella, que era una chica naturalmente alegre, también era realista y nunca dejaba que algo que no podía cambiar la molestase durante mucho tiempo. Creía firmemente en ser positiva y en aprovechar cada situación, por adversa que fuera. Ni el disfraz que su cuñada le había comprado ni su extraña reacción ante Antonio Díaz iban a evitar que disfrutase de la fiesta.

–Bueno, Max, ¿quieres bailar? –le preguntó.

El hombre se levantó a toda prisa.

–Encantado –contestó, mirándola con admiración–. Es usted muy guapa, señorita –dijo luego, tomando su mano para llevarla a la pista de baile.

Max era un poco más alto que Emily y bastante más grueso, pero también era un buen bailarín y Emily decidió pasarlo bien.

Antonio Díaz no pudo disimular una sonrisa de satisfacción. Cierto, el hombre al que quería conocer, Charles Fairfax, había muerto un año antes, pero su familia y su empresa seguían existiendo y servirían de igual modo a sus propósitos.

Luego miró alrededor, haciendo una mueca de desdén. La élite social de Londres soltándose el pelo en un baile de disfraces con objeto de recaudar dinero para los niños de África, aparentemente uno de los proyectos favoritos de la familia Fairfax. No se le escapaba la amarga ironía. Sus ojos negros brillaron, furiosos.

En diciembre pasado su madre, como si intuyera que el final estaba próximo, por fin le había contado la verdad sobre la muerte de su hermana Suki veintiséis años antes. En realidad, Suki era su hermanastra, pero para él siempre había sido su hermana mayor, la que cuidaba de él.

Él creía que había muerto en un accidente de trafico, trágico pero inevitable. Pero la realidad era que se había lanzado deliberadamente a un acantilado, dejando una nota que su madre había destruido inmediatamente.

Suki se había suicidado porque estaba convencida de que era su condición de hija ilegítima por lo que su novio, Charles Fairfax, la había dejado para casarse con otra mujer. Razón por la que su madre le había hecho jurar que nunca se avergonzaría de su apellido ni de su familia.

Pensando en ello, Antonio no podía evitar la amargura. Le había puesto a su empresa el nombre de su hermana, pero ese nombre tenía ahora más significado que nunca. La carta que había descubierto entre sus papeles personales le confirmó que le había contado la verdad. Y Antonio había jurado sobre la tumba de su madre vengar el insulto.

Él no era aficionado a los bailes de disfraces y

normalmente se negaba a acudir, pero en esa ocasión tenía un motivo oculto para aceptar la invitación de la familia Fairfax.

Nunca en su vida había tenido problema alguno absorbiendo una empresa e Ingeniera Fairfax debería haber sido una adquisición sencilla. Su primera idea había sido lanzar una OPA hostil para luego destruirla, pero después de estudiar la documentación tuvo que admitir que ese plan no iba a funcionar.

La empresa Fairfax era propiedad exclusiva de los miembros de la familia, aunque una pequeña porción del negocio estaba divida en acciones para los empleados. Desafortunadamente para él, los Fairfax la dirigían bien y daba beneficios. Originalmente se había basado en la propiedad de una mina de carbón pero, ahora que las minas de carbón estaban en declive en Gran Bretaña, la firma había encontrado un sitio en el mercado construyendo tuneladoras y maquinaria de construcción.

Después de un par de discretas averiguaciones, quedó claro que ninguno de los accionistas estaba dispuesto a vender… incluso a un precio muy generoso. Y, aunque aún no había abandonado la idea de comprar la empresa, se veía obligado a diseñar una nueva estrategia.

Quería convencerlos de que, con sus expertos consejos y generoso apoyo económico, sería posible ampliar el negocio en Estados Unidos y China. Y luego, cuando estuvieran endeudados hasta el cuello, les quitaría la alfombra bajo los pies para hacerse cargo de la firma, arruinando a la familia

Fairfax. Con eso en mente había hecho amistad con el hijo de Charles Fairfax, Tom, director gerente de la empresa.

El único fallo en su estrategia era que estaba tardando más de lo esperado en arrastrar por el suelo el nombre de la familia. Tres meses de maniobras y aún no había logrado su objetivo. El problema era que el hijo y el tío eran competentes como hombres de negocios, pero muy conservadores. Y, de nuevo desafortunadamente para él, ninguno de los dos era avaricioso ni quería arriesgarse innecesariamente.

¿Y por qué iban a hacerlo? La empresa tenía ciento sesenta años y ninguno de los dos había tenido que luchar para ganarse la vida o para ser aceptados por la sociedad.

–Antonio, cariño, ¿en qué estás pensando?

La experiencia le había enseñado a contestar a esa pregunta con una mentira.

–Estaba pensando en las cifras del Dow Jones… nada que te interese, Eloise.

–En lo único en lo que deberías estar pensando es en mí –respondió ella, apoyando la cara en su hombro.

–Ahórrate los coqueteos para tu marido. Yo soy inmune –replicó Antonio.

Eloise era muy guapa, pero no le atraía en absoluto. Lo único que le gustaba de ella era que se parecía un poco a su hermana. Por eso la había ayudado en un mal momento doce años antes, en Lima, cuando, sin que ella lo supiera, su representante la obligó a firmar un contrato para una película pornográfica. Él, además de romper el contrato, le había buscado un representante decente. Estaba casada con un amigo suyo y, sin embargo, siempre que tenía oportunidad intentaba seducirlo.

Seguramente era culpa suya porque una vez, diez años antes, había sucumbido a sus encantos una noche. Aunque enseguida se dio cuenta de que era un error. Su amistad había sobrevivido, sin embargo, y era un juego al que ella jugaba cada vez que se encontraban. Debería haberle parado los pies tiempo atrás.

Pensó luego en el informe que le había enviado su investigador privado sobre los Fairfax. En ella había una fotografía de Emily en una playa desierta, con una gorra en la cabeza, una camiseta ancha y pantalones vaqueros. No podía saber si era alta, delgada, rubia o morena.

Y se había llevado una sorpresa al verla.

La foto no le hacía justicia, desde luego. Una ridícula diadema con cuernos sujetaba una larga melena rubia que caía por debajo de sus hombros, aunque no sabía si era natural o teñida. Tenía la piel muy blanca, unos magníficos ojos azules y unos pechos perfectos. En cuanto al resto, no podría decirlo porque sólo la había visto sentada. De estatura normal, seguramente. Pero, como buen conocedor de las mujeres que era, se reservaría el juicio hasta que la viese de pie. Podría tener un enorme trasero y los tobillos gruesos. Aunque eso no le importaba, claro. El hecho de que fuera una Fairfax lo echaba para atrás. No la tocaría aunque fuese la última mujer en la tierra.

Charles Fairfax se había casado con Sara Deveral, en la que había sido la boda del año en Londres, veintiséis años antes. Su mujer le había dado un hijo nueve meses después, Tom, y una hija, Emily, un año más tarde. La familia perfecta…

Emily Fairfax vivía una vida regalada. Lo tenía todo: una familia que la quería, la mejor educación, una carrera como arqueóloga marina, y se movía en la sociedad de Londres como pez en el agua. Pensar eso le hizo sentir una punzada de rabia, lo que sentía desde la muerte de su madre.

–No me lo creo –Eloise inclinó a un lado la cabeza–. Max está bailando un tango…

Antonio siguió la dirección de su mirada y se quedó perplejo al ver a su jefe de seguridad y guardaespaldas, aunque Max era más un amigo que otra cosa, bailando el tango apasionadamente. Y lo más curioso era que su pareja seguía cada uno de sus pasos como si fuera una profesional.

Y su pareja era Emily Fairfax. Una mujer impresionante. Tenía unas piernas interminables, el trasero respingón, la cintura estrecha y unos pechos altos y firmes. El traje rojo parecía pegado a su cuerpo como una segunda piel, sin dejar nada a la imaginación. Antonio no tenía duda de que todos los ojos masculinos estaban clavados en ella en aquel momento. El pelo rubio caía sobre sus hombros con cada giro… y menudos giros. Una placentera sensación, aunque inconveniente, empezó a hacer cosquillas entre sus piernas.

–Qué ridículos. Ya nadie baila así –dijo Eloise, desdeñosa.

–¿Qué? Ah, sí… –Antonio no la estaba escuchando.

Curiosamente, Max y Emily hacían una pareja estupenda y todos los invitados estaban pendientes de ellos. Cuando el tango terminó, Emily se incorporó, riendo, y todo el mundo empezó a aplaudir.

Aquella mujer no tenía miedo de exhibirse, pensó. Y, dado el fuego y la pasión que había mostrado durante el tango, no debía de ser tan inocente. Tanta pasión no podía ceñirse sólo a una pista de baile. Según el informe que le había enviado el investigador privado había estado prometida una vez y, seguramente, habría habido más hombres en su vida.

De repente, después de decidir que no la tocaría aunque fuese la última mujer en la tierra, Antonio estaba imaginando su cuerpo desnudo y tuvo que hacer un esfuerzo para controlarse… algo que no le había pasado en años.

Pensativo, frunció el ceño mientras volvía con Eloise a la mesa. Había decidido destruir a la familia Fairfax quedándose con su empresa, pero ahora veía un escenario alternativo, una manera maquiavélica de conseguir lo que quería. Y esa posibilidad de justicia romántica le hizo sonreír de forma siniestra.

El matrimonio no le había interesado nunca pero tenía treinta y siete años, un momento ideal para casarse y tener un heredero. Él criaba caballos en Perú y, al menos físicamente, Emily Fairfax parecía un buen espécimen para criar, pensó, sarcástico. En cuanto a sus valores morales, no le molestaba que hubiera habido hombres en su pasado. Claro que podría haber alguno en su vida en aquel momento, pero él no tenía miedo de la competencia. Con su

dinero, el problema para él era quitarse a las mujeres de en medio. Y Emily había ido sola al baile, de
modo que, por el momento, tenía el camino libre.

–Gracias, Max –Emily seguía sonriendo mientras su compañero de baile la llevaba a la mesa–.
Lo he pasado muy bien.

–Me alegra comprobar que el dinero que se gas-
taron nuestros padres enviándonos a una escuela de
baile no fue un gasto inútil –rió Tom.

–En tu caso, sí –replicó Helen–. Me has pisado
más de cuatro veces.

–A mí me pasa igual –protesto su tía Lisa–.
Después de cuarenta años de matrimonio e innumerables intentos, James sigue sin saber dar un
paso de baile.

Emily soltó una carcajada, sin darse cuenta de
que la otra pareja había vuelto a la mesa.

Capítulo 2

FUE una sorpresa que Antonio Díaz le pidiera el siguiente baile.

Emily iba a decir que no, pero Max había tomado la mano de Eloise para llevarla a la pista y la mirada hostil que la mujer lanzó sobre Antonio dejaba claro que no le gustaba nada el cambio de pareja.

–Vamos, Emily –la animó su hermano–. A ti te encanta bailar. Y, por lo visto, James y yo somos unos inútiles. Antonio es tu única oportunidad.

–Gracias, hermano –replicó ella, levantándose de mala gana.

–Tu hermano no es muy sutil –sonrió Antonio–. Pero si así consigo tenerte entre mis brazos, no me quejaré.

Le pasó un brazo firmemente por la cintura, la fuerte mano rozando su cadera. El roce era demasiado personal en opinión de Emily, pero en cuanto llegaron a la pista y la tomó entre sus brazos se estiró, decidida a resistir el inexplicable deseo de dejarse caer sobre su pecho.

–Bailas el tango de maravilla… la verdad es que Max me ha dado mucha envidia. Aunque, si quieres que te sea sincero, el baile no es uno de mis talentos. Espero que no te lleves una desilusión.

Desilusión… Emily no lo creía. Mientras bailaban, su capa negra los envolvía a los dos, creando una extraña intimidad. Y el roce de las piernas masculinas aceleraba su pulso. El maldito traje de látex no ayudaba nada; al contrario, enfatizaba cada roce. Y dudaba que Antonio Díaz hubiera desilusionado alguna vez a una mujer. Desde luego, no a la bonita Eloise. Pensar eso la animó lo suficiente como para contestar:

–No lo creo.

Sabía que era atractiva y estaba acostumbrada a que los hombres intentasen coquetear con ella, pero desde que rompió con Nigel había aprendido a quitárselos de encima sin ningún problema.

–Y también creo, señor Díaz, que un hombre como usted es absolutamente consciente de sus talentos y los explota para su propio interés.

Antonio Díaz podía hacer que su corazón se acelerase y sintiera calor por todo el cuerpo, pero no tenía intención de dejarse seducir por él.

–Como estoy segura de que las revistas del corazón, y su amiga Eloise, podrían confirmar –añadió, irónica.

–Ah, veo que has estado escuchando cotilleos. ¿Qué te han contado, que crecí en un burdel rodeado de mujeres? Pues siento desilusionarte, pero no es verdad. Aunque mi abuela tenía uno –admitió él–. Y dice bien poco de los hombres que ganase tanto dinero. El suficiente para enviar a su hija a los mejores colegios de Suiza.

Emily lo miró, atónita por aquella admisión.

–En Europa se enamoró de un hombre griego que, desgraciadamente, estaba casado –siguió Antonio–. Pero tuvo la decencia de comprarle una casa en Corinto, donde yo nací. Murió cuando yo tenía doce años y mi madre decidió volver a Perú.

–Lo siento mucho. Pobrecito… –murmuró ella, compadecida.

–Debería haber imaginado que sentirías pena por mí. Eres tan ingenua –dijo Antonio entonces–. Como amante de un millonario, mi madre nunca fue pobre y tampoco lo fui yo –añadió, mirándola a los ojos–. Siento desilusionarte, pero estás desperdiciando tu compasión conmigo.

–¿Y por qué me has contado todo eso?

No parecía el tipo de hombre que desnudaba su alma delante de un extraño.

–Quizá porque quería que te relajases.

–¿Todo es mentira? –preguntó ella, sorprendida.

–No todo. Soy un bastardo –sonrió Antonio, deslizando la mano por su espalda, empujándola un poco más hacia su torso–. Y como tú misma has dicho, uso mi talento para conseguir lo que quiero. Y te quiero a ti, Emily Fairfax.

Atónita, ella miró esos ojos negros y vio un brillo de deseo que no intentaba esconder.

–Eres un demonio…

–Un ángel caído –la corrigió Antonio, apretándola contra sí para que notase su evidente excitación–. Y por cómo tiemblas, sé que tú también me deseas. La atracción entre nosotros ha sido inmediata. Y no me digas que no porque yo sé que es así.

–Eres increíble –consiguió decir Emily. Aunque no podía negar que estaba temblando, no tenía la menor intención de sucumbir ante aquel hombre–. Coquetear conmigo cuando has venido con tu novia…

–Eloise es una vieja amiga, no mi novia. Y está casada. Es una estrella de la televisión famosa en Sudamérica, pero quiere ser famosa en el mundo entero. Por eso está aquí. Ha venido para firmar un contrato como protagonista de un musical el año que viene. Mañana volverá con su marido, así que no tienes por qué estar celosa.

–¿Celosa yo? ¿Estás loco? Pero si ni siquiera te conozco…

–Eso podemos remediarlo. Mañana te llamaré para cenar –anunció Antonio, soltándola–. Pero ahora creo que lo mejor será volver a la mesa antes de que la gente empiece a murmurar. La música ha terminado.

Emily no se había dado cuenta y, avergonzada, lo siguió.

Lo siguió como un cordero yendo al matadero, se dio cuenta después… mucho después.

–Por favor, Emily, ¿quieres dejar de comer esos asquerosos huevos fritos y hacerme caso? –exclamó Helen–. Tienes que cenar con él. Te ha enviado rosas todos los días y el ama de llaves está cansada de apuntar sus mensajes. Esta casa está llena de flores y, en mi estado, voy a terminar con fiebre del heno.

Emily terminó sus huevos fritos y sonrió a su cuñada.

–Ya te he dicho que podéis tirar las flores a la basura. No me interesan.

–Mentirosa. Ninguna mujer es inmune a los encantos de Antonio Díaz. El problema es que te dan miedo los hombres desde lo que pasó con Nigel. No has salido con nadie en serio desde entonces.

–¿*Moi*? –Emily se llevó una mano al corazón–. Yo no tengo miedo de nadie, pero Antonio Díaz es un demonio. No hay más que verlo.

–Tonterías…

–Es un hombre con el que ninguna mujer sensata tendría una relación.

–Olvídate de ser sensata y vive un poco. Llevas varios meses en casa y la investigación en el museo sólo te ocupa un par de días a la semana. Estamos en primavera, cuando los jóvenes piensan en el amor…

–Antonio Díaz no es precisamente joven.

–¿Qué más da que tenga diez o doce años más que tú? Una aventura apasionada con un hombre experimentado te vendría muy bien.

–No lo creo. Además, ahora mismo no tengo tiempo para esas cosas. Voy a ver apartamentos –respondió Emily para cambiar de tema porque Antonio Díaz había ocupado gran parte de sus pensamientos desde que lo conoció y eso no le gustaba en absoluto. Se había negado a responder a sus llamadas, pero sobre las rosas no podía hacer nada.

–Por favor, olvídate del apartamento. Ésta es la casa de tu familia, lo ha sido durante generaciones y es suficientemente grande para todos.

Helen puso los ojos en blanco, sin entender que alguien quisiera irse a un apartamento teniendo una casa como aquélla en el corazón de Kensington.

–Ya tengo edad para vivir sola –dijo Emily.

–Yo no quiero que te vayas y a ti no te gustaría vivir sola, admítelo. Y también deberías admitir que Antonio Díaz te gusta. Me he dado cuenta de que te pones colorada cada vez que alguien menciona su nombre. A mí no me engañas.

Emily suspiró.

–Tu problema, Helen, es que me conoces demasiado bien. Pero voy a buscar apartamento de todas formas. Después de todo, si voy a tener una apasionada aventura, debería tener mi propio apartamento. Supongo que no querrías que trajese a mis amantes aquí, donde tu preciosa niñita podría ver y oír cosas inconvenientes –dijo, sonriendo.

–¿Vas a hacerlo? ¿Vas a salir con él?

–No lo sé. Si vuelve a llamar a lo mejor me lo pienso. ¿Contenta?

–¿Qué vas a pensarte? –preguntó Tom, entrando en la cocina con su hija en brazos.

–Emily va a salir con Antonio Díaz –anunció Helen.

–¿Tú crees que eso es sensato? –preguntó su hermano–. Es mucho mayor que tú. ¿Seguro que sabes lo que haces? Antonio Díaz es un genio de las finanzas, pero como persona… es el tipo de hombre que hace que uno quiera encerrar a su mujer o a sus hermanas en casa. Tiene fama de mujeriego y…

–¡No me lo puedo creer! –exclamó Emily–. Os

quiero mucho, pero deberíais coordinar vuestras opiniones.

Riendo, salió de la cocina.

El destino, o lo que fuera, hizo que sonara el teléfono cuando entraba en el salón. Era Antonio.

–Es muy difícil localizarte, Emily. Pero me gustan los retos. ¿Cenamos juntos esta noche?

Emily decidió entonces hacer lo que llevaba días deseando hacer secretamente y le dijo que sí.

Luego fue a ver un apartamento, pero no le gustó. Pasó el resto de la mañana en el museo y la tarde de compras, buscando un vestido que dejase a Antonio Díaz boquiabierto.

Emily sonrió, contenta, al verse reflejada en el espejo. Estirando los hombros, tomó el bolso y un chal azul a juego con el vestido y salió de la habitación. Estaba nerviosa, pero no se le notaba cuando entró en el salón. Antonio Díaz iría a buscarla a las siete y eran las siete menos diez.

–¿Qué tal estoy, Helen?

–Estás preciosa, Emily.

Ella se volvió al oír una voz masculina, sorprendida al ver a Antonio.

–Gracias –aceptó el cumplido con una sonrisa, aunque le costó trabajo. Le había parecido peligroso con su disfraz de ángel caído, pero con un traje gris, camisa blanca y corbata de seda estaba para quitar el hipo–. Llegas temprano.

Se había detenido a un metro de ella, mirándola de arriba abajo con un deseo que no podía disimular. Pero cuando la miró a los ojos, algo en ellos hizo que Emily se quedara sin aliento.

Por segunda vez en una semana, Antonio Díaz no pudo controlar su excitación al ver a Emily Fairfax. La había visto con un traje de látex y el pelo suelto, pero la Emily que estaba delante de él ahora era la sofisticación personificada.

El pelo rubio sujeto en un moño francés, los enormes ojos azules acentuados inteligentemente por el uso de cosméticos, el brillo de sus labios rojos...

En cuanto al vestido, era evidentemente de diseño. Él había comprado suficientes como para saberlo. Azul claro, a juego con sus ojos, cortado al bies, el cuerpo sujeto por dos finos tirantes, se ajustaba sobre sus firmes pechos marcando la cintura y cayendo luego en capa por encima de las rodillas. No demasiado corto, lo suficiente como para que un hombre fantasease con la idea de meter la mano por debajo…

—Estás preciosa, Emily. Seré la envidia de todos los hombres del restaurante —Antonio tomó el chal de cachemira que llevaba en las manos y se lo puso sobre los hombros–. ¿Nos vamos?

Desde luego, no sería esfuerzo alguno acostarse con Emily Fairfax; los detalles de cuándo y cómo eran lo único que tenía que decidir, pensó mientras intentaba controlar su libido.

Tom Fairfax, a pesar de su agradable disposición, lo había llevado aparte cuando había llegado para decirle que esperaba que se comportase como un caballero y volviese a casa a una hora razonable. Y Antonio, a quien nadie se atrevía a dar consejos, se había sorprendido demasiado como para contestar cuando Emily había entrado en el salón.

Podía entender la preocupación de Tom, claro, pero eso le recordó que él no pudo cuidar de su hermana y el recuerdo lo enfureció.

Antonio le abrió la puerta de un Bentley plateado antes de sentarse frente al volante.

—¿Dónde me llevas? —preguntó Emily, intentando disimular los nervios.

—A cenar —contestó él, acariciando su pelo y, a la vez, empujando su cabeza sutilmente hacia delante—. Pero después a mi cama.

La provocativa respuesta hizo que Emily se quedase boquiabierta y Antonio aprovechó la oportunidad para besarla; un beso cálido, apasionado y tierno a la vez. Le temblaban los labios mientras él sujetaba su barbilla con dedos firmes, la punta de su lengua buscando la suya en un gesto tan erótico que despertó un incendio en su interior. Sin darse cuenta de lo que hacía, levantó los brazos para ponerlos alrededor de su cuello...

—Emily —dijo él entonces—. Emily, tenemos que irnos.

Ella estaba atónita. ¿De verdad le había echado los brazos al cuello? De repente, el calor que sentía se convirtió en rubor.

—¿Por qué has hecho eso?

—Creo que el primer beso hay que darlo de inmediato en lugar de esperar toda la noche. Y tú me has hecho esperar una semana.

—Me sorprende que hayas seguido llamando —sonrió Emily, sintiéndose de repente increíblemente feliz. Todas las dudas y miedos sobre Antonio disipadas por aquel beso.

—Yo también estoy sorprendido. Normalmente si una mujer no se muestra interesada no vuelvo a molestarme. Pero en tu caso he hecho una excepción. Deberías sentirte halagada.

Emily soltó una carcajada.

—Eres increíblemente arrogante.

—Sí, pero te gusto —sonrió Antonio, mientras arrancaba el coche.

La llevó a un exclusivo restaurante en la mejor zona de Londres donde la cocina era soberbia y Antonio el perfecto compañero. Tenía una conversación interesante, ingeniosa y, poco a poco, Emily fue relajándose. Le contó que pasaba mucho tiempo viajando porque su trabajo lo llevaba a Nueva York, Sidney, Londres y Grecia, donde poseía una isla a la que sólo se podía llegar en helicóptero. Pero intentaba pasar los meses de invierno en su finca de Perú.

Sin darse cuenta, Emily estaba ya casi enamorada de él para cuando la llevó de vuelta a casa.

—Admítelo, Emily, lo has pasado bien —Antonio sonreía mientras detenía el coche en la puerta de su casa—. No soy el ogro que pensabas que era, ¿no?

–Es verdad que eres más civilizado de lo que yo esperaba y sí, lo he pasado bien –admitió ella. Quizá porque el champán que había bebido la hacía sentir un poquito demasiado alegre–. Pero sigues siendo demasiado arrogante.

–Es posible, pero… ¿podemos cenar juntos mañana?

–Sí, podemos.

Emily cerró los ojos cuando él inclinó la cabeza para buscar sus labios.

El segundo beso fue mejor que el primero y, esa vez, cuando le echó los brazos al cuello sabía lo que estaba haciendo. Pero cuando sintió el roce de su mano acariciando sus pechos por encima del vestido empezó a temblar.

Respiraba su aroma masculino, medio mareada, el beso tan apasionado, tan ardiente que no quería parar. Cuando Antonio deslizó los tirantes del vestido sobre sus hombros se estremeció, pero no puso ninguna objeción mientras los bajaba para revelar sus pechos desnudos.

Mientras los acariciaba, sus largos dedos rozando la punta de los pezones, una fiera sensación viajó desde sus pechos hasta su vientre, creando un río de lava entre sus muslos. Emily dejó escapar un gemido cuando se metió uno en la boca y empezó a tirar de él con los labios hasta dejarla convertida en una masa temblorosa de sensaciones que nunca había experimentado antes, que nunca había sabido que existieran.

A la vez que ella enterraba los dedos en su pelo para sujetarlo allí, para que no se apartase, sintió que metía las manos bajo la falda del vestido, sus largos dedos trazando la delgada tira de encaje entre sus piernas. Involuntariamente, Emily las abrió y él apartó a un lado las braguitas…

–¡Dios mío! –exclamó Antonio, apartándose–. ¿Qué estoy haciendo?

Ella lo miró, tumbada sobre el asiento, totalmente abandonada, los ojos azules brillando de auténtico deseo carnal por primera vez en sus veinticuatro años de vida.

Rápidamente, él estiró su falda, colocando luego los tirantes del vestido sobre sus hombros.

–Así está mejor –murmuró con los ojos oscurecidos.

Emily seguía temblando, pero se dio cuenta de que Antonio no parecía tan afectado como ella.

–Lo siento, no quería llegar tan lejos… en el coche, además. Le prometí a tu hermano que cuidaría de ti.

–Le prometiste a mi hermano… ¿quieres decir que Tom ha tenido valor para…? ¡Lo mato! Por lo visto se le ha olvidado que soy una adulta y perfectamente capaz de cuidar de mí misma.

–Yo no estoy tan seguro –murmuró él entonces–. Pero será mejor que entres en casa… antes de que pierda el control por completo –añadió, saliendo del coche para abrirle la puerta–. No voy a entrar, no me atrevo –dijo luego, depositando un beso en su frente–. Te llamaré mañana.

Luego esperó mientras Emily, nerviosa y, sobre todo, frustrada, buscaba la llave en el bolso y desaparecía en el interior.

Capítulo 3

LAS semanas que siguieron fueron como un cuento de hadas para Emily.

Estaba enamorada de Antonio Díaz.

El amor que había creído sentir por Nigel no era nada comparado con lo que Antonio la hacía sentir y sería absurdo negárselo a sí misma. Sólo tenía que oír el tono melodioso de su voz para que se le doblaran las rodillas y, cuando la tocaba, un escalofrío la recorría de arriba abajo. Lo deseaba como nunca había soñado desear a un hombre; un deseo que la mantenía en estado de perpetua excitación.

Cuatro semanas después, pensando en esa primera noche mientras se maquillaba frente al espejo, sintió un cosquilleo en el vientre. Pero eso era algo que le pasaba cada vez que pensaba en Antonio. Una sonrisa secreta iluminó su cara mientras se pasaba un cepillo por el pelo.

Antonio llevaba una semana en Nueva York y estaba deseando volver a verlo. De hecho, estaba más que deseando verlo porque, por alguna razón desconocida, lo que ocurrió esa primera noche no había vuelto a repetirse.

Habían cenado juntos, habían ido al teatro y se habían besado. Y en una ocasión, cuando acudieron juntos a un estreno de cine, Antonio les confirmó a los fotógrafos que eran pareja.

Pero era la parte sexual de la relación lo que sorprendía a Emily. Aunque ella era inocente, sabía en su corazón que deseaba hacer el amor con él. Dada su reputación de mujeriego, lo único que podía esperar era que la invitase a tomar una copa en su casa, pero no había sido así. Al contrario, Antonio se apartaba después de un beso o dos mientras ella se quedaba esperando más…

Después de estar separados una semana, al día siguiente sería el día, pensó mientras se ponía unos diminutos diamantes en las orejas. Pero antes iba a disfrutar de la fiesta de cumpleaños de su tío, sir Clive Deveral.

El hermano de su madre era soltero y cenar con él el día de su cumpleaños se había convertido en una tradición familiar. Emily se había arreglado con sumo cuidado porque sabía que a su tío le gustaba que las mujeres se pusieran muy guapas.

Era un encanto y ella lo adoraba. Había pasado muchos veranos en su casa, Deveral Hall en Lincolnshire, o en su villa de Corfú. Cuando sus sueños infantiles de ser bailarina se esfumaron debido a su estatura, fue su tío quien le dijo que no perdiese el tiempo llorando por las cosas que no podía cambiar. Y luego hizo que se interesase por la arqueología marina, por la vela y la natación en las cálidas agua del mar Egeo.

En realidad, había sido fundamental en su decisión de convertirse en arqueóloga marina.

Emily sonrió. El vestido de lamé plateado se ajustaba a cada curva de su cuerpo como una segunda piel, para terminar por encima de la rodilla. Llevaba el pelo suelto y unas sandalias de tacón altísimo que realzaban sus piernas.

Seguía sonriendo mientras bajaba para reunirse con su familia. A su tío le encantaría el vestido; Nigel siempre decía que los hombres de la familia Fairfax eran demasiado conservadores y, por esa razón, siempre aparecía el día de su cumpleaños con chaquetas de terciopelo y chalecos escandalosos.

Llegó al pie de la escalera y se dirigía al salón, donde oía risas, cuando oyó que sonaba el timbre.

—Yo abro, Mindy —le dijo al ama de llaves cuando la mujer salió apresuradamente de la cocina.

Pero al abrir la puerta se quedó boquiabierta.

—Antonio, ¿qué haces aquí? Pensé que no volvías hasta mañana.

—Evidentemente, he llegado justo a tiempo —replicó él, mirándola de arriaba abajo—. Estás increíble… aunque me resulta imposible creer que te vistas así para pasar la noche en casa. ¿Quién es mi competidor? —le preguntó. Y, sin darle tiempo a contestar, la tomó por la cintura para buscar sus labios en un beso posesivo.

Cuando por fin la soltó, Emily tuvo que hacer un esfuerzo para llevar aire a sus pulmones.

–¿Por qué has hecho eso?

–Para recordarte que eres mía. Dime, ¿quién es él?

–Estás celoso –rió Emily–. No lo estés, Antonio. No hay otro hombre. Hoy es el cumpleaños de mi tío Clive. Ven, contigo seremos un número par en la mesa.

–Te he echado de menos –murmuró él, mirándola ansiosamente–. Pero tengo que hablar con Tom.

–¿Por qué?

–Quiero casarme contigo y antes tengo que pedirle permiso.

–¿Qué?

–Ya me has oído. Cásate conmigo, Emily. No puedo esperar más.

No era la proposición más romántica del mundo, pero los ojos de Emily se llenaron de lágrimas. De repente, lo entendió todo. Antonio, el maravilloso Antonio, el hombre al que amaba con toda su alma, quería casarse con ella. Ahora su comportamiento tenía sentido. Había oído rumores sobre sus muchas amantes, pero con ella se había portado como un caballero anticuado porque quería algo más... quería que fuera su mujer.

–¡Sí, oh, sí! –exclamó, echándose en sus brazos.

–¿Se puede saber qué pasa aquí?

Antonio levantó la mirada y se encontró con la de Tom Fairfax. Se había sorprendido a sí mismo pidiéndole a Emily que se casara con él de forma

tan precipitada. Lo tenía todo cuidadosamente planeado, el anillo en el bolsillo de la chaqueta, una
cena romántica… en lugar de eso lo había soltado
en la puerta de su casa como un idiota.

Pero, en fin, Emily estaba más sexy que el demonio esa noche, razonó. Y había dicho que sí, de
modo que… misión cumplida. Aunque no había
dudado ni por un momento que ella aceptaría, se
negaba a admitir que era la idea de que Emily pudiese salir con otro hombre lo que le había obligado a adelantar acontecimientos.

–Acabo de pedirle a Emily que se case conmigo
–contestó, tomándola por la cintura–. Pero nos gustaría que nos dieras tu bendición.

–¿Es eso verdad, Emily? ¿Vas a casarte con Antonio? –preguntó su hermano.

–Sí, claro que sí.

–En ese caso, tenéis mi bendición –Antonio
miró a su futuro cuñado a los ojos y en ellos vio
ciertas reservas–. Pero eres mucho mayor que mi
hermana y, si le haces daño, tendrás que responder
ante mí.

–La protegeré con mi vida –anunció él. Y lo decía en serio; aunque por sus propias razones.

–Conociendo a Emily, y dada la carrera que ha
elegido, no te envidio –bromeó Tom luego.

–Tom, por favor… vas a hacer que retire la proposición antes de que pueda darme el anillo –bromeó Emily.

–Nunca –anunció Antonio–. Yo te apoyaré en tu
carrera, en todo lo que quieras hacer.

–Pues deja de mirarla con ojos de cordero degollado y vamos al salón –sonrió su hermano–. Esta noche tendremos una doble celebración... enseguida te darás cuenta de dónde te has metido, amigo mío.

Antonio sabía perfectamente dónde se estaba metiendo porque lo había preparado todo, de modo que se sorprendió al sentir algo parecido al remordimiento cuando Tom hizo las presentaciones. A Tom y Helen los conocía, por supuesto. Como a James y Lisa Browning. Los hijos de los Browning parecían muy agradables y también su otra tía, Jane, la hermana pequeña de Sara Fairfax. Luego estaba sir Clive Deveral, con una chaqueta de terciopelo azul, una camisa amarilla y un chaleco rojo.

Aunque había leído todos los nombres en el informe del investigador privado, verlos en persona era un poco desconcertante. Y, a media que transcurría la cena, descubrió que era imposible odiarlos porque todos sin excepción le dieron la bienvenida a la familia de la manera más cálida.

–¿Qué te han parecido? –le preguntó Emily después mientras lo acompañaba a la puerta.

–Creo que tu tío Clive es un personaje y tu familia es tan encantadora como tú –murmuró él, sacando una cajita del bolsillo.

Al verla, Emily sintió una felicidad tan profunda que no podía hablar.

–Quería hacer esto durante una cena romántica, pero las cosas no han ido como yo esperaba –sonrió Antonio, besando su mano antes de poner en su dedo anular un magnífico anillo de zafiros y diamantes.

Lágrimas de alegría asomaron a los ojos de Emily.

–Es precioso, me encanta. Te quiero, Antonio –declaró, echándole los brazos al cuello.

Él era todo lo que había soñado y que hubiese dicho delante de Tom que la apoyaría en su carrera disipó cualquier tipo de duda.

Se casaron un mes después en la pequeña ermita que había en la finca de su tío Clive, Deveral Hall. El tío Clive consideraba a Emily y Tom como los hijos que no había tenido nunca e insistió en abrir su una vez palaciega y ahora un poco abandonada casa para tan feliz ocasión.

Era un bonito día de mayo y la vieja construcción de piedra brillaba bajo el sol. Emily estaba preciosa de blanco y Antonio era el novio perfecto, alto, moreno e increíblemente atractivo.

Los cincuenta y tantos invitados, sobre todo parientes y amigos de la novia, estuvieron de acuerdo en que había sido una preciosa ceremonia íntima.

Antonio miraba a su novia dormida con una sonrisa de satisfacción en los labios, sus ojos oscuros brillando de triunfo.

Emily Fairfax era suya. Su esposa, la señora Díaz. El Díaz era lo único importante. Había solicitado un pasaporte con ese apellido semanas antes y tuvo que mover algunas cuerdas para conseguirlo sin tener todavía el certificado de matrimonio. Pero, naturalmente, el pasaporte les fue entregado cuando subían al avión con destino a Montecarlo.

Había conseguido lo que quería: casarse con la hija de Charles Fairfax, la sobrina de un caballero de la Orden del Imperio Británico. Aunque a él le daban igual los títulos nobiliarios, para Charles Fairfax habían sido lo más importante.

Su expresión se oscureció. Según su madre, veintiséis años antes, Charles Fairfax había seducido a su hermana, que entonces tenía dieciocho, durante unas vacaciones en Grecia. Él tenía once años entonces y estaba en un internado, de modo que no supo nada. Cuando su hermana murió meses después en un accidente de coche se quedó desolado, pero sólo tras la muerte de su madre había comprendido la traición de Fairfax por la carta dirigida a Suki que encontró entre sus pertenencias.

Charles Fairfax la había dejado embarazada antes de volver a Londres y, cuando ella se puso en contacto para hablarle del embarazo, él le escribió diciendo que no creía que el niño fuera suyo. Y luego añadía que sabía que Suki era hija ilegítima y su madre, hija de la propietaria de un burdel, la amante de un millonario griego. Con tal pedigrí, le decía: «no me casaría contigo aunque fuese un hombre libre, que no lo soy». El orgulloso apellido Fairfax nunca se vería emparentado con el apellido Díaz.

Cinco meses después, Suki había leído en un periódico británico el anuncio de su boda con la hermana de sir Clive Thomas Deveral, Sara Deveral, y abandonando toda esperanza, se suicidó. Matándose ella misma y al hijo que llevaba en su seno.

Antonio sacudió la cabeza, entristecido por los recuerdos. Tenía derecho a hacerle el mismo daño a su familia, pensó. Emily Fairfax era ahora Emily Díaz, una venganza muy adecuada.

Antonio volvió a mirarla. Era exquisita, pensó. No se habría casado con ella de no ser por lo que había jurado sobre la tumba de su madre, pero desde luego se la habría llevado a la cama. Sin embargo, mirándola ahora, con el cabello rubio extendido sobre la almohada, los labios rojos ligeramente hinchados por el sueño… se alegraba de haberlo hecho.

Emily era inteligente, bien educada y con una carrera, de modo que no se metería en su vida. Desde luego, no lo haría cuando le dijera por qué se había casado con ella. Antonio frunció el ceño, pensativo. No sabía por qué, pero aquella venganza no le complacía como había esperado. La amargura que le consumía desde la muerte de su madre empezaba a desaparecer. Probablemente por Emily…

Sus constantes declaraciones de amor en lugar de enojarle le parecían adictivas. Aunque él pensaba que el amor era una excusa que usaban las mujeres, Emily incluida, para justificar el sexo con un hombre. Con la excepción de las tres mujeres de su familia, que se habían creído enamoradas y habían sufrido por ello.

Su abuela era hija de un rico ganadero peruano, pero su padre la desheredó cuando quedó embarazada de uno de los peones. Nunca se casaron y él la abandonó cuando su hija tenía un año. Su propia madre había repetido ese error dos veces, primero enamorándose de un francés, el padre de Suki, y luego de un millonario griego, el padre de él. Aunque no era exactamente una tragedia griega, su madre no había elegido bien. En cuanto a su hermana... matarse por amor era algo que a él no le entraba en la cabeza.

No, si el amor existía, era una emoción destructiva. Él deseaba a Emily, pero no se hacía ilusiones. Sabía que su dinero y su poder eran un afrodisíaco para ella como lo había sido para incontables mujeres en el pasado.

La boda había sido perfecta y ahora estaban en su avión privado con dirección al sur de Francia, donde los esperaba su yate, anclado en el puerto de Montecarlo.

Una pena que no hubiese podido quitarle él mismo el vestido de novia, pensó, mirando el traje azul que se había puesto después de la boda. La imagen de Emily caminando por el pasillo de la pequeña iglesia se quedaría grabada en su mente para siempre. Estaba más que preciosa. Cuando lo miró a los ojos, por un momento se quedó sin respiración. Incluso ahora, recordándolo, su pulso se aceleraba como el de un adolescente, tentándolo a despertarla con un beso.

Pero no lo haría. Había esperado mucho tiempo y podía esperar unas horas más. No quería apresurar lo que se había prometido a sí mismo sería una larga noche de pasión.

Emily era una mujer muy apasionada y él, un hombre con experiencia, lo había visto inmediatamente. Por eso había decidido que lo mejor sería darle a probar algo de lo que tanto deseaba… y nada más. Aumentar su frustración hasta que estuviera tan desesperada que aceptase su proposición de matrimonio sin pensarlo dos veces.

Antonio se movió, incómodo. El problema era que él se había sentido igualmente frustrado durante esas semanas, como demostraba el dolor que sentía en la entrepierna. Nunca había estado tanto tiempo sin acostarse con una mujer desde que era adolescente pero, afortunadamente, la espera había terminado.

Sin embargo, ahora que lo pensaba… Emily nunca había intentado seducirlo y ésa no era la reacción de una mujer sofisticada. En su experiencia, las mujeres normalmente dejaban su deseo bien claro. Quizá Emily había estado jugando al mismo juego que él, pensó entonces, para asegurarse de que ponía un anillo en su dedo…

–Antonio –lo llamó ella entonces.

–Ah, estás despierta. Me alegro –musitó él, tomando sus manos–. En media hora estaremos en el yate.

–Estoy deseándolo –Emily sonrió, sus ojos azules casi mareándolo con su brillo–. Mi amor, mi marido.

–Estoy de acuerdo, esposa mía.

Sí, era su esposa. Había conseguido lo que quería, pensó mientras el avión aterrizaba.

Su madre debía sonreírle desde el cielo mientras Charles Fairfax se removía en su tumba… o se quemaba en el infierno. Le daba igual. Porque su hija era ahora una Díaz, el apellido que él había despreciado.

En realidad, pensó entonces, no había ninguna necesidad de decirle a Emily la verdad por el momento.

Para él era suficiente con saber que había cumplido la promesa que hizo sobre la tumba de su madre.

Emily saltó del helicóptero para caer en los brazos de su marido que, inclinando la cabeza para evitar las aspas del aparato, atravesó el helipuerto del yate. Y no la dejó en el suelo hasta que llegaron a un enorme salón con las paredes forradas de madera brillante.

–Bienvenida a bordo –murmuró, antes de besarla.

Emily sintió que la tierra se movía bajo sus pies. O quizá era el yate, pero en cualquier caso le echó los brazos al cuello.

–Quiero que, por lo menos, lleguemos a la cama –musitó Antonio, deslizando las manos por su espalda.

Riendo, ella miró alrededor.

–¡Esto es enorme! He hecho expediciones por alta mar en barcos mucho más pequeños que éste.

–Emily, deja de hablar –le ordenó él, su ego ligeramente desinflado. Buscó sus labios de nuevo y ella cerró los ojos en dulce rendición mientras su lengua se abría paso entre sus labios abiertos.

Por fin, cuando estaba sin aliento, Antonio levantó la cabeza.

–He esperado mucho tiempo para esto –murmuró, mientras la llevaba caminando hacia atrás hasta lo que ella esperaba fuese el camarote.

Sintió que sus pechos se hinchaban cuando Antonio empezó a acariciarlos por encima del sujetador, el pulgar rozando la punta del pezón bajo el fino encaje… Volvió a besarla y, momentos más tarde, abrió una puerta con el hombro. Ella apenas miró el dormitorio, sólo tenía ojos para Antonio.

–Emily… –musitó, clavando en ella sus ardientes ojos negros mientras desabrochaba el sujetador. Se quedó mirándola, en silencio, y esa mirada oscura sobre sus pechos desnudos la hizo temblar.

Cuando rozó uno de los pezones con la lengua, éste se levantó, desafiante. Emily se arqueó en espontánea respuesta ante el increíble deseo que sólo Antonio podía provocar.

Sintió que su falda caía al suelo sin saber cómo y, de repente, él la tomó en brazos para llevarla a la cama.

–No sabes cuánto te deseo –murmuró, sus ojos negros como carbones encendidos mientras se quitaba la ropa.

Ella observó los anchos hombros, el torso cubierto de un fino vello oscuro, las caderas, los poderosos muslos y largas piernas. Totalmente desnudo y excitado era casi aterrador en su masculina belleza y, nerviosa, cruzó los brazos sobre su pecho.

–Deja que te mire –dijo Antonio, tirando de las braguitas–. Toda.

Acarició sus piernas desde el tobillo hasta el muslo, deteniéndose en la curva de sus caderas. Y Emily tembló de arriba abajo cuando la obligó a abrir los brazos.

–No hace falta que finjas timidez. Eres exquisita, más de lo que había imaginado.

El roce de su cuerpo desnudo despertó una descarga eléctrica, sus ojos azules brillante como zafiros mientras él la miraba descarnadamente de arriba abajo. Había pensado que sentiría vergüenza al verse desnuda con Antonio pero, en lugar de eso, se sentía salvajemente excitada.

—No puedo dejar de mirarte, esposa mía. Y pronto serás mi esposa en todos los sentidos.

Sacando un paquetito de unos de los cajones de la mesilla, Antonio se enfundó un preservativo antes de colocarse sobre ella.

Lo que siguió fue tan diferente a lo que Emily había pensado que casi resultaba irreal. Cuando se imaginaba a sí misma haciendo el amor creía que sería un encuentro mágico de cuerpo y alma, dulce, tierno. Pero las violentas emociones que la sacudían no eran nada parecido a eso.

—Puedes tocarme —le dijo él.

Emily lo buscó con una prisa desesperada; su aroma masculino, el roce de su piel, la pasión devoradora que había en sus ojos, en su boca, haciendo estallar un incendio en su interior.

Con manos temblorosas exploró la anchura de sus hombros, la fuerte columna vertebral. Tembló cuando él inclinó la oscura cabeza para buscar sus pechos de nuevo con la boca. La sensualidad de esas caricias hizo que le diese vueltas la cabeza.

Y cuando por fin sus largos dedos encontraron su húmedo centro, dejó escapar un gemido. Pero quería más, mucho más, pensó levantando las caderas. Estaba atónita por su reacción, por esa pasión masculina que parecía contagiársele.

Salvaje y abandonada, estaba jadeando, con un increíble deseo de sentir su cuerpo sobre ella, dentro de ella. La sensual presión de sus labios, el roce de su lengua imitando los movimientos del acto sexual hacían que estuviese a punto de explotar. Cuando Antonio se colocó entre sus piernas, murmuró su nombre mientras se arqueaba para recibirlo.

Cuando, sin poder evitarlo, hizo una mueca de dolor, vio un brillo de sorpresa en sus ojos y notó que empezaba a apartarse, pero lo retuvo enredando las piernas en su cintura. No podía dejarlo ir ahora que estaba dentro de ella por fin.

–Te deseo… te deseo tanto… te quiero.

Notó que contenía el aliento y sintió los fuertes latidos de su corazón, la tensión en cada músculo de su cuerpo. Luego empezó a moverse, despacio primero, apartándose para volver a entrar después.

Milagrosamente, su sedosa cavidad se ensanchaba para acomodarlo. Emily estaba perdida para todo lo que no fuera el disfrute de esa posesión. Las indescriptibles sensaciones, la fricción de sus cuerpos, las palabras susurradas, los jadeos… la llevaron a un sitio desconocido al que, sin embargo, estaba deseando llegar.

Clavó las uñas en su espalda mientras Antonio empujaba cada vez con más fuerza y gritó al sentir algo que sólo podía ser descrito como convulsiones internas. Oyó que él dejaba escapar un gemido ronco y, obligándose a abrir los ojos, vio cómo se estremecía con la fuerza del orgasmo.

Emily dejó que se apoyase en ella. Su peso, un recordatorio del poder y la pasión, del amor que le había dado. Antonio era su marido, pensó, con una sonrisa en los labios.

Capítulo 4

EMILY nunca había imaginado que existiera tal éxtasis y, mientras las olas de placer se retiraban y recuperaba el aliento, una sonrisa iluminaba su rostro. Le gustaba sentir el peso de Antonio sobre su cuerpo, los fuertes latidos de su corazón sobre el suyo.

–Peso demasiado…

–No, está bien.

Emily intentó sujetarlo, pero él se levantó para ir al cuarto de baño y volvió unos segundos después, su alta figura cubierta de sudor.

–Vuelve a la cama.

Antonio obedeció, apoyándose en un codo para mirarla, y Emily levantó una mano para apartar el pelo de su frente.

–Yo no sabía que pudiera ser tan… –no encontraba palabras–. Te quiero.

Era tan magnífico, tan perfecto, tan increíble.

–¿Por que no me habías dicho que eras virgen?

–¿Eso importa? Ahora estamos casados.

–Pero estuviste prometida hace algún tiempo, ¿no?

Emily lo miró, sorprendida. Ella no se lo había contado…

—¿Cómo lo sabes?

—Debió contármelo alguien —contestó él, evasivo—. Pero eso da igual. Deberías habérmelo dicho tú.

—¿Por qué? ¿Te habrías negado a hacer el amor conmigo de haberlo sabido? —bromeó Emily, pasando un dedo por su torso.

—Sí... no... pero habría tenido más cuidado.

—Bueno, tendrás cuidado la próxima vez —sonrió ella, acariciando su espalda.

Riendo, Antonio la tumbó sobre la cama.

—Para ser tan inocente, tengo la impresión de que vas a aprender muy rápido.

—Eso espero —murmuró Emily, tomando su cara entre las manos—. ¿Cuándo empieza la segunda clase?

La sensual sonrisa masculina hizo que se estremeciese de nuevo.

—Creo que he despertado a una tigresa dormida. Pero lo primero que debes saber es que el macho tarda más tiempo en recuperarse que la hembra. Aunque, con un poco de aliento, el tiempo de espera puede ser reducido...

—¿Así? —sonrió ella, inclinando la cabeza para besar sus labios, su garganta y, por fin, una de sus tetillas.

No se cansaba de tocarlo, de besarlo. Pasó luego una mano por su firme torso, los dedos siguiendo la línea de vello oscuro hasta su ombligo y más abajo, para explorar su masculinidad... y pronto la espera había terminado.

El tiempo no existía mientras exploraban el ansia, la profundidad y la exquisita ternura de su amor. Se bañaron y volvieron a hacer el amor, durmieron y volvieron a hacer el amor…

Cuando abrió los ojos, Antonio estaba de pie al lado de la cama, con una taza de café en la mano. Medio dormida, Emily sonrió.

–Estás despierto. ¿Qué hora es?

–La una –contestó él, dejando la taza sobre la mesilla para darle un beso.

–¿La una de la mañana? Vuelve a la cama…

–La una de la tarde.

–¡No! –exclamó Emily–. Tengo que levantarme.

Iba a hacerlo, pero se dio cuenta de que estaba desnuda y, riendo, se cubrió con el edredón.

Antonio hizo una mueca. Estaba tan bonita, el pelo rubio sobre la almohada, los labios hinchados por sus besos…

Él se había acostado con algunas de las mujeres más bellas del mundo, pero ninguna podía compararse con Emily Fairfax. Ella era la perfección hecha mujer. Y sabía que la pasión que habían compartido esa noche quedaría grabada para siempre en su memoria. Era virgen y debería haberse controlado un poco más. Lo había intentado, pero…

Después de la segunda vez, se dejó llevar. Emily era, como había imaginado, una mujer apasionada. Se encendía en cuanto la tocaba y eso le encendía a él.

Y lo más asombroso era que, en un momento, había aprendido qué botones pulsar para hacer que también él perdiese la cabeza. Era una mujer de gran sensualidad…

Lo único que no había esperado era que fuese virgen. El hombre con el que había estado prometida debía ser un eunuco o un santo.

Le parecía increíble ser su primer amante porque él nunca se había acostado con una virgen. La inocencia no lo había atraído nunca; prefería a las mujeres experimentadas y, sin embargo, estaba asombrado por aquella experiencia erótica. Si era sincero, debía admitir que sentía cierta masculina satisfacción, cierto orgullo de que Emily se hubiera entregado sólo a él.

Él no creía en el amor, pero había algo increíblemente seductor en que su mujer creyera en ese sentimiento. Había pensado revelarle la verdadera razón de su matrimonio después de acostarse con ella, pero ya había descartado la idea en el avión. Y ahora, después de descubrir lo inocente que era, tendría que ser tonto para desilusionarla. Él no era tonto y daba las gracias al cielo por haber mantenido la boca cerrada.

Se ponía duro sólo con mirarla y tenía que luchar contra la tentación de volver a meterse en la cama con ella, cautivado por cada uno de sus gestos, cada una de sus sonrisas.

—Tómate el café, anda. Te espero en el salón cuando te hayas vestido. Después de comer te enseñaré el barco y te presentaré a la tripulación.

Antonio se dio la vuelta y salió del camarote

porque si se quedaba… si se quedaba no respondía de sí mismo.

Después de comer, Antonio pasó tres horas enseñándole el barco y presentándole al capitán y al resto de la tripulación. El segundo de a bordo y el chef, le explicó, se encargaban del catering y de los asuntos domésticos. Emily encantó a todos con su simpatía y su interés por la mecánica del yate. Sorprendentemente, parecía saber mucho sobre barcos.

Pero, aunque agradecía su interés, media hora después Antonio quería volver a llevársela a la cama. No podía dejar de mirar sus fantásticas piernas… y no se le escapaba que el resto de la tripulación estaba haciendo lo mismo.

—¿Qué te parece? —le preguntó, tomándola por la cintura.

—Estupendo. Un juguete carísimo —contestó ella, mirándolo con los ojos tan llenos de amor que, inexplicablemente, se le encogió el corazón—. He estado en cruceros más pequeños que este barco. No me sorprende que estemos anclados en alta mar. No creo que haya sitio suficiente en todo el puerto de Montecarlo —rió Emily—. La verdad, sabía que eras rico, pero no sabía cuánto. Un yate con helipuerto, piscina… me encanta.

—¿De verdad?

—Claro. Pero lo que me gustaría saber es dónde vamos y cuándo nos vamos. Le he preguntado al capitán, pero él tampoco parecía saberlo. ¿Nuestra luna de miel es un misterio?

Antonio frunció el ceño. Su decisión de presenciar el Gran Premio de Mónaco, la prueba de Fórmula 1, mientras estaba de luna de miel ya no parecía tan conveniente. Emily seguramente esperaba que la llevase a algún sitio romántico. Y él había decidido hacer lo que hacía todos los años, esperando que se aviniese a sus planes sin protestar.

Él nunca había tenido en cuenta lo sentimientos de una mujer. Todas las que había conocido en el pasado se habían contentado con hacer exactamente lo que él quería… ¿y por qué no? Era un hombre muy rico y un amante generoso… mientras durase la relación. Siempre había dejado claro desde el principio que no tenía intención de casarse, lo único que quería era sexo. No le interesaban los romances y no iban a empezar a interesarle ahora sólo porque estuviera casado.

Casado con la hija del hombre que destrozó a su hermana, se recordó a sí mismo. Había estado a punto de olvidar eso.

–No hay ningún misterio. Vengo aquí todos los años en mayo para ver el Gran Premio de Mónaco. Como patrocinador de uno de los equipos, normalmente veo la carrera desde uno de los boxes y luego acudo a la fiesta que se organiza después.

–Ah, ya veo –los ojos azules de Emily se oscurecieron y Antonio se dio cuenta de que, en realidad, no lo entendía–. No sabía que fueras un entusiasta de la Fórmula 1, aunque debería haberlo imaginado. Otro juguete caro, ¿no? Bueno, será una nueva experiencia –añadió, sonriendo–. Al menos te tendré sólo para mí hasta el domingo.

Que fuese tan razonable le enfadó. Eso y la ya familiar sensación de culpabilidad que lo asaltaba porque no le había contado la verdad.

Emily era su mujer. Una mujer extraordinaria, guapísima, encantadora, pero él no cambiaba de planes por nadie y no iba a hacerlo por ella. Tenía su vida organizada exactamente como le gustaba y, aunque Emily trabajaba, su trabajo era flexible y pronto se acomodaría a sus necesidades.

–No exactamente… –empezó a decir–. No uso el yate sólo para descansar. A veces lo alquilo a otras personas. De no ser así, no daría beneficios. Además, hasta ahora era soltero y… en fin, es una tradición invitar a algunos conocidos de cuya hospitalidad he disfrutado en el pasado durante el fin de semana del gran premio. Y normalmente se quedan hasta el lunes.

Emily vio un brillo de inseguridad en sus ojos oscuros, seguramente algo nuevo para él, y tuvo que sonreír. Antonio lo tenía todo: dinero, poder y estaba acostumbrado a hacer lo que quería sin pensar en nadie más. Las mujeres lo habían complacido durante toda su vida, si había que creer los rumores, pero evidentemente tenía mucho que aprender sobre el matrimonio… los dos tenían que aprender.

–A ver si lo entiendo… ¿has invitado a un montón de gente a ver el Gran Premio de Mónaco durante nuestra luna de miel? ¿Es eso?

–Sí –Antonio se encogió de hombros.

–Una luna de miel completamente diferente a las demás –Emily puso una mano sobre su pecho–. Pero, en fin, yo soy una chica tradicional y si esto es una tradición para ti… ¿por qué no? En realidad, estaría bien conocer a tus amigos. Por el momento sólo he conocido gente con la que te relacionas profesionalmente… y a Max, claro. ¿Dónde está, por cierto?

–Está en el puerto –contestó Antonio, sin mirarla a los ojos–. Lo invitados llegarán esta tarde.

Evidentemente estaba avergonzado, pensó ella. Y, aunque no le volvía loca la idea de pasar el primer fin de semana de su luna de miel con extraños, tuvo que sonreír.

–No te pongas tan serio, tonto. No pasa nada. Sólo hace un par de meses que nos conocemos, pero tenemos toda una vida por delante para entendernos –Emily se puso de puntillas para besarlo–. Mi madre me contó que mi padre y ella se enamoraron a primera vista y se casaron unos meses después. Y tardaron algún tiempo en acostumbrarse el uno al otro… sobre todo porque ninguno de los dos tenía experiencia. Al menos yo he empezado con un gran amante… aunque seas un poquito torpe organizando lunas de miel.

Antonio apretó los dientes cuando mencionó a su padre.

–Torpe –repitió, sin dejar de mirarla.

Con los pantalones cortos y el pelo sujeto en una coleta parecía tener diecisiete años, su juvenil apariencia incrementó esa sensación de culpabilidad que tanto le molestaba.

–¿Me llamas torpe a mí? No irás a decirme que crees esas tonterías, ¿verdad? Puede que tu madre fuera virgen cuando se casó, pero desde luego tu padre no lo era. Te lo aseguro, yo lo sé bien –dijo entonces.

La sonrisa de Emily desapareció.

–¿Tu conocías a mi padre?

–No, no lo conocí nunca. Pero no me hizo falta conocerlo para saber que era un mujeriego.

–Si no conociste a mi padre, no entiendo cómo puedes decir eso –replicó ella, herida–. Además, sé que mi madre no mentía nunca. Tú no eres infalible y, en este caso, estás equivocado.

Antonio vio el desafío en sus ojos azules. Le sorprendía que se atreviera a discutir con él. Poca gente lo hacía y, desde luego, nadie dudaba de su palabra.

–Tu madre debía ser tan ingenua como tú si ignoraba que Charles Fairfax era un mujeriego asqueroso y un esnob –replicó, tan furioso que no era capaz de medir sus palabras–. Seguramente sólo se casó con ella porque su padre tenía un título nobiliario…

Sin pensarlo dos veces, Emily levantó la mano para abofetearlo, pero él la sujetó.

–Intentas abofetearme porque te estoy diciendo unas cuantas verdades sobre tu familia.

–Al menos yo tengo una familia –contestó ella. Y se sintió inmediatamente disgustada consigo misma por caer tan bajo.

Antonio la soltó, dando un paso atrás.

–¿Y sabes por qué no la tengo, Emily? Porque tu padre era un libertino de la peor especie.

–¿Cómo te atreves…? No lo conocías siquiera y pareces odiarlo.

–Odiarlo es poco. Le desprecio y tengo todo el derecho a hacerlo.

Emily sacudió la cabeza, sin entender. ¿Cómo podía decir esas cosas de su padre? ¿Cómo podía ser tan increíblemente cruel?

–Una vez tuve una hermana, Suki –siguió Antonio–. Tenía dieciocho años, era prácticamente una niña cuando conoció a Charles Fairfax. Él la sedujo y la dejó embarazada. Cinco meses después, cuando supo que Fairfax iba a casarse con tu madre, se suicidó. Evidentemente, tu padre salía con las dos al mismo tiempo.

Emily se puso pálida. Aunque no sabía nada sobre esa chica, Antonio parecía absolutamente convencido de lo que decía. Pero ella no quería creerlo, no podía creerlo.

–Eso no puede ser verdad. Mi padre nunca habría traicionado a mi madre.

–Es verdad. Las mujeres que se engañan a sí mismas creyéndose enamoradas son un peligro para ellas mismas y para los demás. Mi madre nunca se recuperó de la muerte de mi hermana y yo no supe la verdad hasta años después. Cuando tenía once años me dijeron que había muerto en un accidente. Sólo tras la muerte de mi madre descubrí la verdad.

Emily lo miró, horrorizada. Parecía totalmente convencido.

–¿Cuándo murió tu madre?

–En el mes de diciembre.

Seis meses antes. El dolor por la muerte de su madre y conocer la verdad sobre la muerte de su hermana debían haberlo destrozado. Entonces pensó algo mucho más turbador. Poco después de la muerte de su madre, Antonio había conocido a su hermano y su tío, se había interesado por la familia Fairfax y por ella. Una coincidencia... o algo mucho peor.

Emily miró su atractivo rostro, la fuerte columna de su garganta, sus masculinos antebrazos... y se le encogió el corazón cuando vívidas imágenes de su cuerpo desnudo aparecieron en su mente. El cuerpo que había amado la noche anterior. Antonio, el hombre del que estaba enamorada. El hombre que debería amarla...

Capítulo 5

ANTONIO había puesto su mundo patas arriba y Emily ya no estaba segura de nada. No podía mirarlo siquiera.

Agitada, dejó que su mirada resbalase por el puerto del famoso principado. El mar era tan brillante como un espejo, los edificios parecían de postal y el sol brillaba sobre su cabeza, pero no sentía calor alguno. El día anterior había sido una novia enamorada y ahora…

Intentaba recordar el día que se conocieron, sus citas, las cosas que Antonio le había contado, su proposición de matrimonio. Y se dio cuenta de que Antonio nunca había dicho que la amaba.

Ni siquiera en los momentos de pasión había dejado que esas palabras escaparan de sus labios.

Emily tembló al sentir que unos dedos helados apretaban su corazón. De repente, su vertiginoso noviazgo y la más vertiginosa boda empezaban a derrumbarse ante sus ojos.

–¿Por qué te casaste conmigo, Antonio? –preguntó, mirando sus duras facciones.

–Decidí que era el momento de tener una esposa y un heredero. Te elegí a ti porque eres una mujer

preciosa y sensual que convenía a mis intereses
–Antonio tomó su mano–. Y estaba en lo cierto.

Emily apartó la mano de golpe, horrorizada por
tan cínica afirmación y sabiendo instintivamente
que había más.

–Puede que yo sea torpe, pero no soy tonta. Te
pusiste en contacto con mi familia tras la muerte de
tu madre y yo no creo en las coincidencias, así que
dime la verdad. Es evidente que no te has casado
conmigo por amor.

–Como quieras –Antonio se encogió de hombros–. Ahora eres mi mujer, Emily Díaz, el apellido
que tu padre se negó a asociar con el suyo, tan aris-
tocrático. Satisface mi sentido de la justicia saber
que llevarás mi apellido para siempre.

El brillo de triunfo que había en sus ojos oscuros chocó con sus dolidos ojos azules.

–En cuanto al amor, yo no creo en él. Aunque
las mujeres parecen necesitarlo desesperadamente.
Lo que hubo entre nosotros anoche, lo que seguirá
habiendo, es química sexual, no amor.

Los ojos de Emily se llenaron de lágrimas, pero
parpadeó furiosamente para controlarlas. De modo
que así era como una se sentía cuando recibía un
golpe mortal, pensó. Todos sus sueños y esperanzas
destrozados en un minuto. Durante unos meses,
Antonio había sido el hombre de sus sueños. La
noche anterior se había convertido en su mujer y
había sido la experiencia más asombrosa de su
vida.

Pero no había sido amor. Él mismo lo admitía
descaradamente.

Para Antonio acostarse con ella era una especie de retribución, de venganza. No amor, nunca amor…

¿Cómo podía haber sido tan ciega? Desde el primer día supo que era un hombre peligroso y había evitado salir con él… debería haber confiado en su instinto, pensó.

Emily tuvo que llevarse una mano al estómago, asqueada al tener que aceptar que el hombre al que había creído amar no existía en absoluto.

—Necesito ir al baño.

—Espera —Antonio la tomó del brazo—. Esto no cambia nada, Emily.

—Esto lo cambia todo para mí —replicó ella—. Suéltame. Tengo que ir al baño.

—Sí, claro.

Antonio se preguntó por qué demonios le había contado la verdad sobre su padre cuando unos minutos antes estaba dándole las gracias al cielo por haber mantenido la boca cerrada.

Pero desde que la vio caminando por el pasillo de la iglesia no había sido él mismo. La noche anterior había perdido el control en la cama, por primera vez en su vida, y ahora había perdido los nervios cuando mencionó a su padre. Estaba volviéndose loco y aquello tenía que terminar.

Supuestamente, la sinceridad era buena en un matrimonio y él había sido sincero, razonó arrogantemente. Era Emily quien no estaba siendo razonable.

—Discutir en la cubierta de un barco no es buena idea. Podemos hablar más tarde. Después de todo, ninguno de los dos va a ir a ningún sitio.

No le pasó desapercibida la amenaza que había en sus palabras y, después de lanzar sobre él una mirada de disgusto, se alejó. ¿De verdad era tan frío, tan insensible como para creer que iban a seguir siendo marido y mujer ahora que sabía por qué se había casado con ella?

Emily cerró con llave la puerta del camarote y entró en el cuarto de baño intentando controlar las lágrimas. Temblando violentamente, asqueada, se quitó la ropa a tirones para meterse en la ducha. Sólo cuando estaba bajo el grifo dejó que las lágrimas rodasen libremente por su rostro. Lloró hasta que ya no podía más. Luego, despacio, se irguió y empezó a lavarse cada centímetro de su cuerpo, como si quisiera borrar toda huella de Antonio Díaz. Intentando a la vez borrar un dolor que seguramente seguiría con ella durante el resto de su vida.

No conocía al hombre que ahora era su marido. Era Nigel otra vez, pero peor porque había sido tan tonta como para casarse con él. Nigel la quería por su fortuna y sus contactos y Antonio… Antonio se había casado con ella sencillamente porque su apellido era Fairfax. La había seducido porque creía que su padre había seducido a su hermana. Para vengarse.

La sensación de haber sido engañada era terrible pero, poco a poco, mientras se envolvía en una toalla, el dolor dejó paso a una rabia ciega. Sus padres se habían querido de corazón y, cuando su madre murió, su padre se quedó desolado. Emily estaba convencida de que había sido eso lo que provocó el infarto que lo mató a él poco después.

Fue su madre quien, cuando estaba ya muy enferma, le había dicho que abrazase la vida, que fuera feliz y no perdiese el tiempo preocupándose por cosas que no tenían solución. Y su tío Clive le había enseñado a ver que nunca sería una bailarina de ballet clásico. De modo que sabía aceptar la derrota.

Un rasgo que Emily había heredado de los Deveral.

Entonces, ¿por qué no podía dejar de pensar en lo que Antonio acababa de contarle? No sabía de dónde había salido la idea de que su padre había mantenido una relación con su hermana, y le daba igual. En cuanto a su matrimonio, para ella había terminado.

Cinco minutos después, con unos pantalones de lino y un top a juego, Emily sacó su maleta del armario y empezó a guardar las cosas que había colocado unas horas antes.

Oyó un golpecito en la puerta, pero no hizo caso.

Nada la importaba salvo irse de allí cuanto antes.

—¿Se puede saber qué estás haciendo?

Antonio estaba en la puerta, echando humo por las orejas.

—¿Cómo te atreves a dejarme fuera de mi propia habitación? —exclamó, tomándola por los hombros—. ¿A qué estás jugando?

—No estoy jugando a nada, me marcho. El juego ha terminado —contestó ella, sin dar un paso atrás.

Emily no sentía nada por aquel hombre. Era como si estuviera metida en un bloque de hielo.

Las manos sobre sus hombros, su proximidad, no la afectaban en absoluto. Salvo para reforzar su determinación de marcharse. Había sido una tonta casándose con él, pero no iba a dejar que la maltratase.

Antonio estaba furioso. Había intentado concentrarse en el trabajo, pero no había sido capaz y, por fin, había decidido bajar a hacer las paces con Emily… para encontrar cerrada la puerta de su camarote. Aunque daba igual porque él tenía una llave maestra.

–Por encima de mi cadáver.

–No me importaría demasiado, te lo aseguro –replicó ella.

Antonio apartó las manos de sus hombros como si lo quemara. Por un segundo, Emily casi habría podido jurar que veía un brillo de dolor en sus ojos y sintió cierta vergüenza. Ella no deseaba ver a nadie muerto, pero su marido conseguía hacerle decir y hacer cosas que no quería.

–Bueno, creo que puedo decir que, a menos que ocurra un accidente, tu deseo no se hará realidad. Aunque es posible que tenga que vigilarte, querida esposa, porque no tengo intención de dejarte ir. Ni ahora ni nunca.

–No tienes elección –replicó ella–. Este matrimonio se ha roto.

Antonio la miró, perplejo. Su desafío lo enfurecía, pero intentó disimular. Porque, en cierto modo, podía entender su disgusto, su deseo de devolverle el golpe… aunque no agradecía que desease verlo muerto.

–Siempre tenemos elección, Emily –murmuró, apretándola contra su poderoso torso–. Tu elección es muy sencilla: te quedarás conmigo porque soy tu marido. Te comportarás como la perfecta esposa y la perfecta anfitriona con mis invitados y podrás seguir con tu carrera hasta que te quedes embarazada de mi hijo. Algo que estaba implícito en la promesa que hiciste ayer, creo recordar.

Ella lo miró, incrédula.

–Eso fue antes de saber la verdad. Y suéltame ahora mismo.

Estaba rígida, los ojos azules indescifrables. Y eso hizo que Antonio deseara destruir su helado control.

–Tienes dos opciones: una, quedarte conmigo. La otra es volver a casa de tu hermano y su embarazada esposa e informarles de que me has dejado –dijo, acariciando su cuello–. Y luego puedes explicarles que, naturalmente, yo estoy muy disgustado y he decidido cortar toda relación con tu familia. Lo cual, desgraciadamente para la empresa Fairfax, significará un inmediato pago del préstamo que les he hecho para la ampliación de la compañía.

Luego, como los buenos predadores, se quedó observándola y esperando hasta que su víctima reconoció cuál iba a ser su destino.

Emily dio un paso atrás, temblando. La capa de hielo en la que se había envuelto cuando Antonio insultó a su padre se había derretido en cuanto la tomó entre sus brazos y estaba furiosa con él y consigo misma…

–¿Qué significaría eso para la empresa? –consiguió preguntar, después de tragar saliva.

–Que la ampliación no podrá realizarse y tendrán serios problemas económicos –contestó él–. Probablemente quedarán a merced de una OPA hostil –añadió, con una sonrisa de triunfo–. Pero, como he dicho antes, tienes dos opciones. Tú eliges, Emily.

No tenía que añadir que sería él quien hiciera esa OPA hostil para quedarse con la empresa. Era evidente.

–Y lo harías, claro.

–Haría lo que tuviese que hacer para retenerte a mi lado.

Un par de horas antes, se habría sentido halagada por esas palabras, pero ahora eran un insulto. Emily sacudió la cabeza mirando sus manos, la alianza de oro en su dedo. Menudo engaño…

Imaginó entonces su futuro con Antonio Díaz. No había que ser un genio para saber que debía haber planeado aquello con mucha antelación.

–Si lo que dices es verdad, puedes quedarte con la empresa estemos juntos o no. ¿Por qué quieres que me quede contigo? Según dicen por ahí, puedes tener casi a cualquier mujer… y lo has hecho frecuentemente.

Antonio sonrió, una sonrisa arrogante que a Emily le habría gustado borrar de un bofetón. Aunque ella no era una persona violenta.

–Aunque me halaga que pienses que puedo tener a cualquier mujer, sólo te deseo a ti –contestó, acariciando su cara.

Sabía que la tenía en sus manos. La estaba viendo temblar, de modo que no se había equivocado. En unos días Emily habría olvidado esa tontería de dejarlo. Pero debía ir con cuidado. Naturalmente, estaba enfadada con él porque la había obligado a enfrentarse a la verdad acerca de su familia y a aceptar que su marido no era el príncipe azul que había creído... sino tan humano como cualquiera.

Había llegado donde estaba siendo a veces despiadado para conseguir lo que quería. Y nunca aceptaba un insulto sin vengarse. Cualquier otra cosa era un signo de debilidad y nadie podría acusarlo de eso.

Pero también podía ser encantador...

–Lamento haber discutido contigo, pero tú eres la única mujer que inflama mi pasión. No quería contarte la verdad sobre tu padre, pero que hablases de él como si fuera un santo me ha sacado de quicio. ¿Podemos dejar eso atrás? Te prometo que, si te quedas, no le haré daño a tu familia... –cuando iba a abrazarla, Emily se apartó de un salto.

Antonio se quedó perplejo. Estaba siendo cariñoso con ella... ¿qué más quería? Pero era magnífica, pensó luego. Tan bella, con los ojos brillantes como una diosa, las manos en gesto desafiante sobre las caderas.

–¿Estás loco? Después de lo de hoy, no creería nada de lo que dijeras aunque me lo jurases sobre la Biblia –le espetó.

–¿Ah, no? Entonces confía en esto –replicó él, tomándola por la cintura para tumbarla sobre la cama.

Emily luchó como una mujer poseída mientras él sujetaba sus manos, intentando besarla.

—Emily, para…

La tenía sujeta sobre la cama, aprisionándola con su cuerpo, sujetándola con una mano mientras con la otra apartaba el sujetador para buscar sus pechos con la boca. Una excitación nueva, desconocida para ella, la envolvió entonces y toda idea de resistir se desvaneció.

—Me deseas —dijo Antonio con voz ronca.

—Sí —contestó Emily, envolviéndolo con sus brazos. Lo deseaba, tenía razón, no podía evitarlo.

Involuntariamente se arqueó, disfrutando de la presión del cuerpo masculino. Antonio se movía sensualmente sobre ella, tirando de sus pezones con los labios, chupándolos hasta que perdió la cabeza. Luego, apartó sus braguitas de un tirón y, colocándose entre sus piernas, se introdujo hasta el fondo con una poderosa embestida, la sensación tan intensa que Emily apenas podía respirar.

Entraba y salía de su cuerpo rápida y salvajemente, mirándola a los ojos, sujetándola contra la cama. Emily sintió una explosión de placer tan exquisito que sólo podía jadear mientras Antonio caía sobre ella dejando escapar un gemido ahogado.

Se quedó así, con los ojos cerrados, exhausta y buscando aire, los espasmos aún latiendo en su interior. Luego sintió que Antonio se apartaba de ella, pero Emily mantuvo los ojos cerrados. No podía mirarlo, una profunda sensación de vergüenza y humillación la consumía.

Sabía que no la quería y que sólo se había casado con ella para vengarse de su familia... pero nada había evitado que se derritiera en cuanto la besó. Unos minutos antes del apasionado encuentro, había hecho que dejase de creer en el amor, algo en lo que había creído durante toda su vida. Emily sintió sus manos apartándole el pelo de la cara, sus dedos trazando la curva de sus labios.

—Mírame.

Emily abrió los ojos por fin. Antonio estaba inclinado sobre ella, la determinación marcada en cada ángulo de su brutalmente hermoso rostro.

—Deja de fingir. Tú me deseas y yo también. Incluso puede que ya lleves un hijo mío dentro de ti, así que vamos a dejar de discutir. Estamos casados y así vamos a seguir.

Emily estuvo a punto de decírselo entonces...

Ella era una mujer práctica y tomaba la píldora desde que empezaron a salir juntos, por precaución. Pero decidió mantener el secreto. ¿Por qué alimentar su colosal ego contándole cuánto deseaba acostarse con él?

—Y yo no tengo nada que decir, ¿no?

—No —sonrió Antonio, saltando de la cama para abrocharse los pantalones—. Tu cuerpo lo ha dicho por ti.

Era tan increíblemente arrogante, pensó Emily. Y, de repente, se puso colorada al darse cuenta de que ni siquiera se había desnudado mientras ella... nerviosa, se colocó el sujetador, buscando el pantalón con la mirada.

—Esto es tuyo, creo —dijo Antonio, tirando el pantalón y las braguitas sobre la cama—. Aunque supongo que querrás cambiarte para cenar... nuestros invitados llegarán pronto.

Y luego salió del camarote sin mirar atrás.

Emily saltó de la cama y se dirigió directamente a la ducha por tercera vez aquel día. No perdió el tiempo, sabiendo que él volvería pronto para cambiarse.

Después, en bragas y sujetador, volvió a deshacer la maleta. Dejaría que Antonio pensara que estaba de acuerdo con él hasta que pudiese encontrar la manera de abandonarlo sin hacerle daño a su familia.

Eligió un vestido negro sin mangas y, después de ponerse un poco de crema hidratante y brillo en los labios, se pasó un cepillo por el pelo. No pensaba arreglarse mucho más para Antonio y sus amigos.

Y había tenido valor para decirle que podía seguir adelante con su carrera hasta que tuviera un hijo... evidentemente, Antonio Díaz no tenía respeto ni por ella, ni por su carrera ni por nada. En cuanto a los hijos... Emily endureció su corazón contra la imagen de un niño de pelo y ojos oscuros, una réplica de Antonio, en sus brazos. Como todos sus tontos sueños, eso no iba a ocurrir jamás.

Después de ponerse unas sandalias negras salió del camarote. Necesitaba aire fresco.

Subió a la cubierta y, medio escondida por un bote salvavidas, se apoyó en la barandilla para ver cómo la luna se escondía tras el horizonte. Se quedó allí mucho rato, pensando, intentando encontrar una manera de escapar. Cuando el cielo empezó a oscurecerse sintió la misma oscuridad envolviendo su corazón.

Nunca haría nada que pudiese dañar a su hermano o a su familia, pero después de aquel día su confianza en Antonio había quedado por completo destrozada. ¿Cómo podía amar a un hombre en el que no podía confiar? No era posible.

Sin embargo, había disfrutado en la cama con él y, con amargura, supo que volvería a hacerlo. No podía evitarlo.

Y no tenía más alternativa que seguir con él. Estaba atrapada.

Capítulo 6

EMILY oyó ruido de voces y se dio cuenta de que la lancha con los invitados debía haber llegado al barco, pero no se movió. No le apetecía hablar con extraños en aquel momento.

Un profundo suspiro escapó de su garganta. Debía haber tenido el peor primer día de luna de miel de la historia. Pero no podía empeorar, de modo que se dio la vuelta.

–Emily –Antonio se acercaba a ella con un traje de lino beige, la camisa abierta en el cuello, el pelo negro echado hacia atrás–. Estaba buscándote. Ya han llegado los invitados –dijo, tomándola del brazo.

Se había equivocado, pensó Emily. Las cosas podían empeorar...

Sentada a la izquierda de Antonio, Emily miró alrededor. La cena del infierno podría llamarse aquello.

Además de Max y un chico joven, había siete parejas en total. Dieciséis alrededor de la mesa en el suntuoso comedor del yate.

Antonio la había presentado como su esposa y habría que estar ciega para no darse cuenta de la incredulidad con la que los invitados habían aceptado la noticia. Todos les dieron la enhorabuena, por supuesto, pero las miradas de las mujeres variaban de la curiosidad a la compasión. Y una de ellas la miró de manera venenosa... Eloise, naturalmente. Antonio le había presentado a su marido, Carlo Alviano, y a su hijo de veintidós años de un primer matrimonio, Gianni.

El resto eran parejas estadounidenses, griegas, francesas... una reunión de ricos y famosos, a juzgar por los vestidos y las joyas, que debían valer una fortuna.

Emily miró al joven, Gianni, sentado a su derecha. Su rostro le resultaba familiar, pero no podría decir por qué. Tenía una belleza clásica, el pelo oscuro, rizado. Quizá era modelo, por eso le sonaba su cara. Seguramente habría visto fotografías suyas en alguna revista de moda...

–¿Más vino? –le ofreció el camarero y Emily asintió con la cabeza. Sabía que estaba bebiendo demasiado, pero le daba igual, pensó, mirando a Eloise con mórbida fascinación. O, más bien, el minivestido rojo que apenas cubría sus voluptuosos senos.

Estaba sentada a la derecha de Antonio y hacía lo imposible por llamar su atención, tocando su brazo, hablando de cosas del pasado que sólo ellos dos conocían...

En cuanto a su marido, Carlo, que estaba sentado a su lado, era como si no estuviera allí.

¿Por qué lo soportaba él?, se preguntó. Un hombre sofisticado de unos cincuenta años, encantador y propietario de un banco... ah, quizá ésa era la razón por la que Eloise se había casado con él, pensó cínicamente.

Emily tomó otro sobro de vino. Quizá a Carlo le daba igual mientras siguiera dándole lo que quería en la cama. Seguramente sería como Antonio, pensó, dejando escapar una risita irónica.

—Por favor, cuéntanos la broma —dijo Eloise, mirándola con un desprecio que no se molestó en disimular.

—No era nada, un pensamiento gracioso.

—Cuéntanoslo —insistió ella.

Y, por un momento, Emily sintió la tentación de decírselo. Pero, aunque había consumido demasiado alcohol, ella no tenía por costumbre perder la compostura.

—No, mejor no.

—¿Tomamos café? —preguntó Antonio entonces—. Debes de estar cansada, cariño. Han sido dos días llenos de actividad. Si sigues bebiendo, te vas a quedar dormida.

—Tienes razón —dijo ella, regalándole una sonrisa falsa—. Un café estaría muy bien.

Emily tuvo que hacer un esfuerzo para no salir a cubierta a respirar aire puro. O mejor, tirarse de cabeza desde el puente y llegar a nado a Montecarlo. No podía haber más de una milla y ella era una buena nadadora...

—¡Ya sé quién eres! —exclamó entonces, dando un golpe sobre la mesa—. Gianni, llevo toda la cena preguntándome de qué te conocía... estabas en el equipo de natación de la universidad de Roma que compitió en Holanda hace cuatro años.

–Sí, señora –sonrió el joven–. Yo la había reconocido enseguida, pero pensé que usted no se acordaba.

–Por favor, llámame Emily. Te vi nadar los mil quinientos metros y luego coincidimos en la fiesta.

–Y yo te vi ganar la competición de doscientos metros. Lo hiciste de maravilla.

–Gracias. Fue uno de mis mejores momentos –rió Emily.

–¿Os conocéis? –intervino su padre–. Qué coincidencia.

–Sí, nos conocemos. ¿Lo vio ganar esa carrera? Fue una victoria muy apretada...

–No, lamentablemente yo estaba en Sudamérica en ese momento –suspiró Carlo. Y Emily vio que miraba a Eloise de reojo.

–Bueno, ya está bien de charla sobre competiciones –los interrumpió su esposa–. Ese chico no habla de otra cosa. Qué aburrimiento.

–Pues a mí me interesa –intervino Antonio–. No sabía que fueras campeona de natación, Emily.

–¿Y por qué ibas a saberlo? –replicó ella, sin molestarse en fingir una amabilidad que no sentía–. Sólo hace unos meses que me conoces y dejé de competir hace tiempo.

De repente, empezaba a dolerle la cabeza. Saber que lo único que podía esperar a partir de aquel momento eran más cenas como aquélla la ponía enferma.

De modo que, apartando la silla, se levantó.

—En fin, estoy encantada de haberlos conocido, pero me temo que debo irme a dormir —se disculpó—. No, por favor, Antonio, tú sigue entreteniendo a tus invitados —añadió cuando él iba a levantarse.

—Te acompaño al camarote, querida. Si necesitáis algo, llamad al camarero. Yo vuelvo enseguida.

—Campeona de natación, qué impresionante —dijo Antonio mientras abría la puerta del camarote—. Estás llena de sorpresas, Emily. Pero si hay alguna más, te agradecería que me la contases a mí primero. No me gusta que me hagas quedar mal delante de mis invitados mientras coqueteas con otro hombre.

—¿Yo te he hecho quedar mal? —repitió ella—. Y eso lo dice un hombre que invita a su amante en su luna de miel…

—Eloise no es…

—Por favor, es evidente que te has acostado con ella. No te molestes en negarlo.

—Me acosté con ella una vez, hace diez años —suspiró Antonio—. Carlo es un viejo amigo mío, yo los presenté y fui el padrino de su boda. Eloise es una amiga, nada más.

—No hace falta que me des explicaciones, no las necesito —replicó Emily—. Aunque me sorprende que ese hombre tan agradable sea amigo tuyo cuando tú eres la persona más arrogante y cruel que he tenido la desgracia de conocer. Y ahora vuelve con tus invitados, a mí me duele la cabeza y me voy a la cama. Sola.

Antonio tuvo que hacer un esfuerzo para controlar el deseo de besarla para hacerla callar.

—Sola no —dijo, tomando su brazo.

Emily intentó soltarse, pero él no la dejó.

—Eres mi mujer y vas a compartir mi cama... eso no es negociable.

En sus ojos azules vio la rabia, el dolor que intentaba esconder y... ¿miedo? ¿Había miedo en sus ojos?

Atónito, soltó su brazo. Él tenía éxito en todo lo que hacía; las mujeres lo miraban con admiración, con deseo, con adoración incluso. Pero nunca lo habían mirado con miedo. ¿Cómo demonios había conseguido asustar a su esposa?

—Pareces agotada. Voy a buscar unos analgésicos para que puedas dormir.

Emily suspiró cuando una mano grande empezó a acariciar sus pechos. Apoyándose en un duro cuerpo masculino, echó la cabeza hacia atrás para dejar que besara su garganta, una cálida lengua rozaba el pulso que latía allí. Intentó abrir los ojos, pero decidió dejarse llevar por el placer que le proporcionaban las caricias de unos dedos largos y expertos... estaba perdida en un sueño erótico, su corazón latía cada vez a más velocidad. La boca masculina sobre la suya, unas piernas musculosas abriendo las suyas...

Emily abrió los ojos de golpe. No era un sue-

ño… era Antonio encima de ella, la luz del sol dándole a su pelo negro un brillo casi azulado, sus ojos
mirando en su alma, prometiéndole el paraíso. Y era
demasiado tarde para resistirse a él. No quería resistirse a él. Lo deseaba, ardía por él. Sintió la atercio-
pelada punta de su miembro y levantó la pelvis para
recibirlo.

—¿Me deseas? —musitó Antonio.

—Sí, oh, sí…

Él metió las manos bajo sus nalgas para levantarla y, con una poderosa embestida, la llenó, entrando y saliendo una y otra vez, cada más con más
fuerza, más deprisa, hasta que el cuerpo de Emily,
como por decisión propia, empezó a seguir su rit-
mo. Llegó al clímax en segundos, los espasmos la
obligaban a clavar los dedos en su espalda, y Antonio terminó poco después. Su poderoso cuerpo se
convulsionó de placer.

Más tarde, cuando los temblores habían desaparecido, Emily sintió una ola de vergüenza por su
fácil capitulación. Abrió los ojos e intentó apartar-
lo, pero Antonio sujetó sus dos manos con una
sola; con la otra, apartó el pelo de su frente.

—¿Estás bien?

—Tan bien como puedo estar mientras tenga que
seguir contigo.

—Tuvimos una pelea ayer, pero eso ya es pasado. Las dos personas por las que discutimos están
muertas ahora… ésa es la realidad. Nosotros tenemos que seguir adelante.

—La realidad es que quiero irme de aquí —replicó
ella.

–El problema es que no quieres admitir que deseas a un hombre de carne y hueso como yo –dijo Antonio, inclinando la cabeza para aplastar sus labios con un beso–. No puedes enfrentarte con la realidad, ésa es la cuestión. Quieres amor romántico, un cuento de hadas, cuando cualquiera con un poco de sentido común sabe que ese amor que imaginas no existe. La química sexual es lo que atrae a una pareja. Se casan y después de un año esa química ha desaparecido, pero normalmente hay un hijo para cimentar la unión. Para un hombre, es un instinto natural proteger a la madre de su hijo y, en la mayoría de los casos, una obligación moral que asegura que dure el matrimonio…

–¿De verdad crees lo que estás diciendo?

–Sí –Antonio se incorporó, estirándose como un enorme felino–. Aunque ahora que te miro, no creo que vaya a cansarme nunca de desearte.

Emily se cubrió con la sábana, furiosa.

–Eres imposible.

–Nada es imposible si lo intentas de verdad. En eso consiste el matrimonio, en tener expectativas realistas.

Estaba completamente seguro de sí mismo, su viril y poderoso cuerpo totalmente desnudo, y Emily se derretía con mirarlo. En ese momento, se dio cuenta de que seguía enamorada de él… y eso la entristeció y enfureció al mismo tiempo.

–¿Y tú eres un experto? No me hagas reír.

–Podemos ser civilizados el uno con el otro. El sexo es estupendo y podríamos llevarnos bien. O puedes seguir haciendo que esto sea un campo de batalla... depende de ti –suspiró Antonio–. Necesito una ducha. Puedes ducharte conmigo o no, pero toma una decisión antes de que salga.

Sólo había una respuesta y Emily lo sabía.

Ser civilizados y acostarse juntos... ésa era su idea de un matrimonio perfecto. Según él, no había querido contarle lo de su padre, pero ella lo había sacado de quicio. Qué excusa tan patética. Muy bien, quizá podría convencerlo de que se equivocaba respecto a su padre.

No ahora, con el barco lleno de invitados, pero sí cuando estuvieran solos.

Antonio había dicho que haría lo que fuese para retenerla... quizá aún había alguna esperanza para su matrimonio. Incluso era posible que le importase más de lo que quería dar a entender.

Pero la cuestión era que, aunque demostrase que su padre no había tenido nada que ver con su hermana, no podía olvidar que ésa era la única razón por la que se había casado con ella.

Antonio salió del cuarto de baño y Emily se sentó en la cama, tirando de la sábana para taparse.

–¿Qué has decidido? –le preguntó, tirando la toalla y ofreciéndole una panorámica de su bronceado cuerpo–. Te he hecho una pregunta, Emily.

–¿Qué? –estaba tan hipnotizada por la visión de su cuerpo desnudo que no había oído la pregunta–. Ah, sí...

–Muy bien. Vístete. Le he pedido al camarero que te baje el desayuno y así podrás charlar con él un rato. Él sabe cómo funcionan estos fines de semana. Son muy informales, pero si hay algo que quieras cambiar, sólo tienes que decírselo.

¿Quién había dicho que la fascinación era la falta de pensamiento, la negación de cualquier función cerebral? Ella estaba tan hipnotizada mirando a Antonio que no podía pensar racionalmente.

—Te veo en la piscina después. Los viernes, la gente suele tomar el sol antes de comer y luego vamos a tierra, los hombres para echar un vistazo a los coches de Fórmula 1, las mujeres para ir de compras. Luego nos encontramos para cenar y después vamos al club Caves du Roy, en Saint Tropez, el lugar favorito de nuestros invitados.

—Muy bien —murmuró Emily, desinteresada.

Antonio se acercó a la cama y le ofreció una tarjeta de crédito.

—Llévate esto… te hará falta.

Ella tomó la tarjeta; el nombre de Emily Díaz estaba impreso en ella.

—¿Cómo has conseguido esto tan pronto?

—Pedí que me la enviaran el día que nos casamos, como tu pasaporte —contestó él, poniéndose un pantalón.

—Ah, veo que lo tienes todo bien pensado —lo había dicho con frialdad pero por dentro sentía una mezcla de emociones… del odio al amor y sí, al deseo—. Gracias, pero no necesito tu dinero. Tengo el mío propio.

—No lo tendrás durante mucho tiempo si insistes en pelearte conmigo —le advirtió Antonio—. Déjalo ya, Emily. Eres mi mujer, actúa como tal. Te espero en cubierta en una hora para atender a los invitados.

El recordatorio de que Ingeniería Fairfax dependía de él se llevó todo su desafío.

–Muy bien.

Emily lo vio salir del camarote. Era un hombre despiadado y no debía olvidarlo. Pero si pensaba que ella iba a ser una esposa complaciente, estaba más que equivocado.

El número de mujeres hermosas que había cerca de los boxes fue una sorpresa para Emily. No sabía que hubiera tantas chicas aficionadas a la Fórmula 1.

–No son las carreras lo que les interesa, sino los pilotos –le explicó Max, con una sonrisa en los labios–. Todos son millonarios, ésa es la atracción. Aquí se mueve mucho dinero.

–Ah, ya.

Personalmente, le desagradó el circuito. El estruendo de los coches era insoportable, olía a aceite, a gasolina…

–¿Qué te parece? –le preguntó Antonio, acercándose.

–Es un sitio lleno de grasa, de hombres, de ruido, apesta a gasolina y está cargado de testosterona, así que creo que voy a volver al yate.

Él hizo una mueca.

–Tienes razón, seguramente no es sitio para una señora. Max te llevará.

De vuelta en el yate, Emily dejó escapar un suspiro de alivio al comprobar que los invitados se habían quedado en tierra.

–Voy a ponerme el bañador y a nadar un rato –le dijo a Max.

El día anterior había hecho el papel de perfecta anfitriona tanto en el yate como después, en el club de Saint Tropez, lleno de gente famosa. Emily había reconocido a una estrella de cine estadounidense y a un cantante inglés famosísimo mientras bebía champán y sonreía hasta que le dolía la cara... odiando cada segundo.

Se había jurado a sí misma no responder a las caricias de Antonio esa noche pero cuando se metió en la cama, desnudo, y había empezado a acariciarla apasionadamente, un gemido había escapado de su garganta.

–Ríndete, Emily –había dicho él–. Tú sabes que lo deseas.

Tenía razón. Le daba vergüenza reconocerlo, pero tenía razón.

Ahora, con Antonio en tierra, se sentía no exactamente relajada, pero sí tranquila por primera vez en dos días. Después de ponerse un diminuto bikini negro, cortesía de Helen, se dirigió a la piscina. Estaba poniéndose crema solar en las piernas y preguntándose cómo iba a ponérsela en la espalda cuando apareció Gianni.

Antonio bajó de un salto del helicóptero para llegar a cubierta. Se sentía genial, animado... había disfrutado de su pasión por las carreras de coches durante todo el día observando entrenar a los pilotos y el equipo al que patrocinaba saldría en los primeros puestos de la parrilla. Antonio flexionó los hombros... y pronto su otra pasión también sería saciada con Emily.

Bajó al camarote pensando que la encontraría allí, pero no estaba. Unos minutos después, en pantalón corto y camiseta, volvió a subir a cubierta. Carlo estaba apoyado en la barandilla, con Tim Harding y Max a su lado, pero no veía a Emily por ninguna parte.

–¿Habéis visto a mi mujer?

Max señaló un yate a unos trescientos metros del suyo.

–Está allí, con Gianni. Por lo visto es de unos amigos del chico y han decidido llegar hasta el barco echando una carrera.

La sensación de bienestar desapareció de inmediato. Antonio sintió como si le hubieran dado un puñetazo en el estómago. Su primer impulso fue lanzarse de cabeza al agua para ir a buscarla, pero se dio cuenta de que era absurdo.

–¿Has dejado que mi mujer fuese nadando en mar abierto? –le espetó a Max, furioso–. ¿Estás loco? Se supone que eres un guardaespaldas.

–Lo siento, jefe, no he podido evitarlo. Estaban tirándose de cabeza cuando subí a cubierta. Pero no te preocupes, Emily es muy buena nadadora. De hecho, ninguno de nosotros ha podido decidir quién de los dos ha ganado.

–Por eso estábamos esperando que volvieran –intervino Carlo–. Hemos hecho una apuesta.

Antonio no podía creer lo que estaba oyendo.

–Olvidaos de la maldita apuesta. Nadie va a

volver nadando. Voy a ir en la lancha a buscar-
los...

Carlo levantó unos prismáticos.

–Demasiado tarde.

Antonio giró la cabeza a tiempo para ver dos fi-
guras lanzándose al agua.

Podía sufrir un calambre, un tirón… podía mare-
arse. Sin saber qué hacer, por primera vez en su
vida, tuvo que contentarse con observar la carrera
desde cubierta. Y tuvo que admitir que Emily nada-
ba como una experta. Se deslizaba sobre el agua
como un pez, sus largos brazos hundiéndose a gran
velocidad. La observó hasta que llegaron a la escalerilla y comprobó que ella era la primera en tocarla.

–¡He ganado! –gritó, sujetándose a la escalerilla
con una mano y apartándose el pelo de la cara con
la otra.

Gianni llegó a su lado entonces y la tomó por la
cintura.

–Entonces estamos igualados.

Sin aliento y riéndose, los dos subieron a cubierta.

Antonio se quedó transfigurado. Emily, con un
bikini negro diminuto, parecía radiante, feliz.
Como no la había visto desde que discutieron. Los
celos se lo comían por dentro y tuvo que luchar
contra la tentación de tirar a Gianni al agua.

–Era al mejor de tres –estaba diciendo el joven–. Mañana volveremos a echar otra carrera.

–Muy bien, de acuerdo.

Antonio alargó la mano para agarrar a Emily,
pero Carlo sujetó su brazo.

–Ahora sabes lo que se siente, amigo mío –le dijo en voz baja.

–¿Qué quieres decir?

–Tú sabes que Emily y mi hijo son sólo amigos, como yo sé que Eloise y tú lo sois también. Pero cuando uno ama a una mujer no es fácil aceptar sus amistades masculinas. ¿Quieres un consejo? No hagas una montaña de un grano de arena.

Las palabras de Carlo le hicieron pensar. Él no amaba a Emily, pero sabía que su amigo se creía enamorado de Eloise. Y nunca se le había ocurrido pensar que su amistad pudiese hacerle daño.

Pero Carlo era Carlo y Emily no iba a pasarlo bien con nadie que no fuera él.

–No habrá carrera mañana. Y tú, Gianni, no quiero que animes a mi mujer para que arriesgue su vida.

–Por favor, no seas aguafiestas –replicó ella–. Tú tienes tus coches de carreras, yo prefiero algo más natural.

–¿Has olvidado que mañana iremos todos al circuito de Fórmula 1? Y Gianni se marcha el lunes, así que no habrá carrera.

–Oh, sí, claro –Emily se volvió–. Perdonad, pero tengo que darme una ducha y arreglarme para la fiesta.

Y Antonio tuvo que dejarla ir.

Lucecitas de colores colgaban desde la proa a la popa del yate. La cena era un bufé, ya que tenían más de cuarenta invitados. Aparentemente, otra tradición de su marido. Emily miró hacia donde estaba, rodeado de mujeres. Llevaba una camisa blanca abierta en el cuello y pantalones oscuros y estaba, como siempre, increíblemente atractivo.

Antonio siempre sería el centro de atención, el macho dominante en cualquier grupo. ¿Y por qué no? Mónaco era el patio de juegos de los ricos y famosos.

–Hola, Emily –la saludó Gianni–. Estás fabulosa con ese vestido.

–Gracias.

–¿Sabes una cosa? Yo creo que no tienes nada que ver con esta gente. ¿Qué te parece si vamos al yate de mi amigo?

Pero antes de que ella pudiera responder, Carlo apareció a su lado.

–Maldita Eloise. Esa mujer podría comprar todo Montecarlo. Ha llegado hace diez minutos… el helicóptero tuvo que ir a buscarla y ha dicho que no tardaría nada en cambiarse –el hombre suspiró, tomando una copa de champán de la bandeja de un camarero–. Lo creeré cuando lo vea.

–Aquí viene, papá –dijo Gianni.

Emily se quedó boquiabierta. La mujer llevaba un vestido blanco tan escotado que casi podían verse sus pezones… aunque el escote daba igual porque la tela era prácticamente transparente. Y estaba claro que debajo sólo llevaba un tanga.

Luego miró a Gianni y al ver que apartaba la mirada, avergonzado, sintió pena por él.

–¿Un vestido nuevo? –preguntó Carlo.

Se le salían los ojos de las órbitas y Emily

tuvo que disimular una sonrisa. La palabra «escandaloso» no describía adecuadamente aquel trapo.

—No, cariño. Dijiste que me diera prisa, así que me puse lo primero que encontré en el armario —contestó ella.

—Ah, claro, y lo primero que encontró fue un paño de la cocina —dijo Emily en voz baja mientras la pareja se alejaba.

Gianni soltó una carcajada.

—Desde luego —asintió, pasándole un brazo por los hombros—. No creo que haya un vestido tan pequeño en ninguna boutique... por escandalosa que sea.

Antonio dejó a un banquero con la palabra en la boca y giró la cabeza al oír la risa de Emily. Con la cabeza echada hacia atrás, revelando la larga línea de su cuello, el pelo rubio cayendo por su espalda como una cortina de oro, reía alegremente con Gianni. El vestido rojo que llevaba, con escote palabra de honor, le quedaba de maravilla. Estaba guapísima, provocativa... tanto que un par de zancadas llegó a su lado.

—Me parece muy bien que disfrutes de la fiesta, Gianni, pero no con mi mujer —dijo, apartando el brazo del joven.

La risa de Emily se cortó en seco y el chico dio un paso atrás, azorado.

—Disculpadme...

—He dicho que fueras amable con los invitados —dijo Antonio luego—. No que coquetearas con ellos. ¿De qué te estabas riendo?

Estaba celoso y ésa no era una emoción que hubiera sufrido antes.

–Tendrías que haber estado aquí para entender la broma –contestó Emily–. Pero no te preocupes, seguiré siendo la perfecta anfitriona –añadió luego con una sonrisa que no llegaba hasta sus ojos.

Antonio la mantuvo a su lado durante el resto de la fiesta y, más tarde, en la cama, usó toda su experiencia para conseguir las respuestas que quería de su delicioso cuerpo. Sólo cuando Emily cerró los ojos, agotada y saciada entre sus brazos, se sintió satisfecho.

Era suya… tenía exactamente lo que quería. Antonio arrugó el ceño, indeciso. Entonces, ¿qué era aquello que no lo dejaba dormir? No podía ser su conciencia. No, era otra cosa. Lo descubriría tarde o temprano, se dijo a sí mismo antes de que el sueño lo venciera.

Al día siguiente, Emily estaba frente al espejo de cuerpo entero del camarote, con el único vestido largo que había llevado en la maleta. Azul, con filigrana de plata, el cuello halter mostraba sus hombros y su espalda desnuda hasta la cintura, el resto se ajustaba a su cuerpo como una segunda piel. Una abertura a un lado le permitía caminar.

Cuando compró el vestido lo había hecho teniendo en mente su luna de miel. Sólo para Antonio. Porque estaba enamorada de él. Y, a pesar de la discusión, aún había tenido la remota esperanza de convencerlo de que estaba equivocado sobre su padre. Y de que, en el fondo, sentía algo por ella. Pero ya no. Una vez que la confianza era destruida no había vuelta atrás.

Emily ya no se hacía ilusiones con respecto a su arrogante marido. La noche anterior él la había llevado hasta los limites del placer y más allá. Era un magnífico amante, sí.

Y aquel día su opinión, relativamente inexperta, se había visto confirmada.

Habían ido a casa de un amigo de Antonio para ver la carrera. Sentados en una terraza sobre el circuito, con sus invitados y otros amigos, Antonio le había preguntado si le importaba que bajara a la calle y ella, naturalmente, había dicho que no.

Aburrida de ver pasar coches a toda velocidad, Emily tomó un par de copas de champán y luego entró en el salón para estirar las piernas. Estaba detrás de una columna, admirando una escultura, cuando oyó el repiqueteo de unos tacones sobre el suelo de mármol y a alguien mencionando su nombre.

–Emily Díaz cuenta con toda mi simpatía. Antonio es increíblemente rico y estupendo en la cama, algo que yo sé por experiencia personal. Pero, la verdad, no creo que sea buen marido. Traerla a Mónaco durante su luna de miel, con doce invitados en el barco... Por supuesto, no le había dicho a nadie que se había casado. Pobre chica, no sabe dónde se ha metido. Parece una buena persona. Seguro que no sabe que Antonio se ha acostado con al menos dos de sus invitadas... probablemente más.

Emily reconoció la voz. Era Sally, la mujer de

Tim Harding. Y así su humillación fue completa. Sabía lo de Eloise, pero descubrir que otra de sus ex amantes estaba a bordo del yate fue doloroso.

Que un hombre pudiera ser tan insensible, tan cruel...

Había aceptado, más o menos, su versión de por qué Carlo y Eloise eran sus invitados, pero ya no. La última revelación era la gota que colmaba el vaso.

En ese momento, algo por fin murió dentro de ella.

Capítulo 7

ESTÁS increíble.
Emily no lo había oído entrar y se volvió para mirar a su marido.

–Gracias.

Antonio seguía llevando el pantalón corto y el polo que había llevado todo el día. El equipo que él patrocinaba había ganado y el piloto era ahora el líder de la clasificación, de modo que estaba de muy buen humor.

Claro que él ganaba en todo, siempre, pensó Emily. Pero al menos, mientras él celebraba la victoria, ella había podido escaparse un rato para estar sola.

–Pero te has vestido demasiado pronto. Yo esperaba que nos duchásemos juntos.

–Demasiado tarde –dijo ella–. Como ésta es la última noche, tengo que subir para organizar el cóctel antes de ir al puerto para la fiesta. Así que, si me perdonas…

Iba a pasar a su lado, pero Antonio la sujetó del brazo.

–Tienes razón. Eres la perfecta anfitriona. Puedo esperar, no te preocupes, no voy a estropearte el maquillaje. Pero tengo algo para ti.

Emily lo observó mientras abría la caja fuerte escondida detrás de un cuadro y sacaba una cajita de terciopelo negro.

–Quería dártelo en nuestra noche de bodas, pero entonces estaba distraído –Antonio sonrió mientras abría la caja para sacar un collar de diamantes–. Podrías ponértelo esta noche.

–Gracias, es muy bonito –Emily apartó su mano cuando iba a ponérselo al cuello–. Pero, desgraciadamente, no va con este vestido. Me lo pondré en otro momento.

Era la primera vez que una mujer rechazaba un regalo, pensó Antonio. Y no cualquier mujer, su mujer. ¿Cómo se atrevía? La miró atentamente y se dio cuenta entonces de que, aunque pensaba que lo habían pasado bien aquel día, Emily no compartía su entusiasmo. Le había regalado una fortuna en diamantes y ella no parecía en absoluto impresionada. No conocía a ninguna otra mujer que hubiera hecho eso. Pero Emily le había devuelto el collar.

–Si tú lo dices… –Antonio guardó el collar y lo devolvió a la caja fuerte.

Cuando se volvió, Emily estaba poniéndose algo al cuello. Llevaba el pelo sujeto en un moño, la severidad del peinado destacaba la simetría de sus facciones. El vestido azul parecía acariciar su cuerpo como la mano de un amante, el escote dejaba los hombros y la espalda al descubierto. Pero fue la cadena de platino con un diamante en forma de corazón colgando entre sus pechos lo que capturó su atención.

–Bonito colgante –murmuró, alargando una mano para tocarlo.

¿Se lo habría regalado su prometido? No importaba, él no era celoso. Él nunca había sido celoso... sólo sentía curiosidad.

–Sí, a mí me gusta –Emily se apartó un poco.

–Nunca te lo habías puesto. ¿Quién te lo regaló?

No había querido preguntar, pero no pudo evitarlo.

–Me lo compraron mis padres cuando cumplí dieciocho años. Y hace juego con el anillo que tú me regalaste. Qué curioso, ¿verdad?

–Sí, mucho.

Emily se dio la vuelta, pero Antonio la tomó por la muñeca.

–Espera.

–¿Quieres algo?

–No... la verdad es que no.

Era tan exquisita como siempre, pero algo había cambiado en ella. No sabría decir qué. Sus ojos se habían endurecido... en ellos ya no podía leer sus pensamientos.

Antonio soltó su mano y Emily salió del camarote sin decir una palabra.

¿Era él responsable de ese cambio?, se preguntó. Pero decidió que no. En su opinión, las mujeres eran volátiles. Un mal momento, un mal día del mes, el vestido equivocado... cualquier cosa podía disgustarlas.

Problema resuelto, Antonio se dirigió a la ducha.

Emily giró la cabeza para mirar alrededor. Eso no sólo hacía más fácil ignorar la mano de Antonio en su cintura, también le permitía estudiar a los invitados. O, si era sincera, a las invitadas.

Antonio estaba como pez en el agua entre esa gente. Le había presentado al ganador del Gran Premio de Mónaco, al propietario del equipo y a un montón de personas cuyo nombre no recordaba y ni siquiera intentaba recordar. Pero durante todo ese tiempo, Emily no podía dejar de preguntarse cuántas de aquellas mujeres se habrían acostado con él.

Según la propia admisión de Antonio, llevaba años acudiendo a Mónaco en esa época del año y ella no había olvidado lo que Max le había contado sobre las chicas que estaban alrededor de los boxes.

—¿Quieres volver al yate? —le preguntó su marido entonces.

—No —contestó ella—. En realidad, me gustaría ir al Casino. Carlo me ha dicho que soléis ir allí después de la fiesta. Otra tradición de las vuestras, aparentemente.

Además de acostarse con todas las mujeres que iban por allí.

Antonio maldijo a Carlo mentalmente porque, aunque le gustaría volver al yate para acostarse con Emily, no podía decirle que no.

—Muy bien, de acuerdo.

Antonio apretó los dientes cuando la ruleta empezó a girar de nuevo.

—¡Madre mía! —exclamó Emily cuando la bolita blanca cayó en su número, el veinticuatro—. ¡He vuelto a ganar!

El crupier le sonrió mientras empujaba un montón de fichas hacia ella y Antonio habría querido darle un empujón.

–Sí, pero llevamos aquí tres horas. Tres largas horas. Has ganado al menos diez mil dólares, no deberías seguir tentando a la suerte.

La euforia y el buen humor por el triunfo de su equipo habían desaparecido al darse cuenta de que Emily estaba intentando alargar la fiesta para no volver al yate. Para no acostarse con él.

–¿Ah, sí? Pues eso demuestra el dicho popular: afortunado en el juego…

–Déjate de sarcasmos. Recoge tus fichas y vámonos.

Antonio estaba furioso. Tras la discusión del primer día no había tenido que ser demasiado persuasivo para que Emily siguiera siendo su voluntaria compañera de cama. Ella había aceptado continuar su matrimonio como si no hubiera pasado nada, de manera civilizada. No podía echarle nada en cara. Incluso había sido amable con sus invitados, a pesar de que deberían estar de luna de miel. Pero él no era tonto y sabía que tenía algo en la cabeza…

Y estuvo completamente seguro cuando por fin llegaron a su camarote y la tomó entre sus brazos.

–Llevo toda la noche esperando este momento –murmuró, inclinando la cabeza para buscar sus labios.

Pero ella apartó la cara.

–Si no te importa… son las cuatro de la mañana y estoy agotada. Además, tengo que levantarme casi de madrugada para organizarlo todo. Algunos de los invitados se marchan muy temprano.

–Un beso –insistió él.

Emily, con los ojos cerrados, entreabrió los labios para recibir un beso… pero Antonio siguió besándola apasionadamente hasta que se derritió entre sus brazos.

–¿Seguro que estás demasiado cansada?

Ella lo miró durante largo rato y Antonio pudo ver cómo el brillo de sensualidad en sus ojos desaparecía.

–Sí, lo siento –se disculpó–. Pero tú puedes hacer lo que quieras. Tengo entendido que hay al menos dos mujeres en este barco con las que te has acostado y estoy segura de que no les importaría repetir la experiencia. Y, si no, siempre puedes volver a tierra y buscar a alguna que te guste.

Él la miró, furioso. ¿Cómo podía dudar de su integridad moral?

–Veo que tienes muy buena opinión sobre mí –dijo, irónico–. Y en el futuro es posible que me aproveche de tu generosa oferta. Pero me gustaría saber quién ha estado contándote mentiras.

–Bueno, yo sabía lo de Eloise, pero mientras tú estabas con tus cochecitos oí hablar a Sally Harding. Te describía como un gran amante, por supuesto, y decía que yo le daba pena. Creo que sus palabras exactas fueron: «seguro que no sabe que Antonio se ha acostado con al menos dos de sus invitadas… probablemente más».

Lo había dicho en un tono helado, desinteresado, como si no tuviera nada que ver con ella y Antonio la miró, sorprendido.

–¿Y tú has creído eso?

–El número de mujeres con las que te has acostado es legendario –contestó Emily, irónica–. Y tú nunca lo has negado.

Su reputación en el mundo de los negocios era de primera clase, pero él no solía preocuparse por lo que dijeran las revistas del corazón.

–No tengo por qué hacerlo. En cuanto a Sally Harding… intentó coquetear conmigo y yo le paré los pies. Es una mujer despechada, eso es todo.

–Si tú lo dices… –Emily se encogió de hombros antes de entrar en el cuarto de baño.

Antonio dio un paso adelante, su primera reacción fue ir tras ella para convencerla de que estaba diciendo la verdad. Pero su orgullo masculino se lo impidió. Nunca había tenido que justificarse ante una mujer y no iba a hacerlo ahora. Eso era como suplicar…

Otra experiencia nueva para él. Ninguna mujer lo había rechazado, nunca había tenido que pedir disculpas por nada. Pero Emily le había insultado descaradamente, incluso le había dicho que podía ir a buscar a otra mujer...

Furioso, soltando una retahíla de palabrotas, abrió la puerta del camarote de un empujón y subió a cubierta para calmarse un poco. No podía quedarse allí, escuchando insultos.

Más tarde, cuando volvió al camarote, encontró a Emily profundamente dormida.

Era tan inocente… seguramente Sally Harding sabía que estaba escuchándola y se había dedicado a contar mentiras para hacerle daño. Emily no era rival para alguna de las mujeres que se movían en el círculo de los ricos.

Antonio había aprendido tiempo atrás que era absurdo negar una acusación. Cualquier mujer con la que lo vieran era etiquetada como una nueva conquista o una nueva amante, aunque él nunca había tenido una amante en el estricto sentido de la palabra. La historia de su madre, esperando toda la vida a un hombre que iba a visitarla de vez en cuando y que para él fue un padre inexistente, había sido una lección que no olvidaría nunca.

Sí, él era soltero, sano y sexualmente activo; por supuesto que había mujeres en su vida, mujeres con quienes mantenía relaciones informales y a las que no había engañado nunca sobre sus intenciones. Sólo una vez tuvo una aventura de una noche y había sido con Eloise. Que Emily le creyese era cuestionable, claro. Pero fuera lo que fuera lo que su padre le había hecho a su hermana, su obligación moral era convencerla de que estaba diciendo la verdad.

Sin hacer ruido, se duchó antes de meterse en la cama con ella y le pasó un brazo por la cintura, pero Emily no se movió.

La convencería por la mañana, fue su último y arrogante pensamiento antes de quedarse dormido.

Antonio le había pasado un brazo por la cintura mientras se despedían de los últimos invitados; la viva imagen de la felicidad marital, pensó Emily, cuando nada podía estar más lejos de la realidad.

–¿Dónde te gustaría ir? –le preguntó cuando se quedaron solos–. Debo estar en Nueva York el lunes, pero tenemos una semana para nosotros solos. Podemos hacer un crucero por el Mediterráneo o ir a mi villa en las islas griegas, lo que tú prefieras.

Emily sabía lo que estaba pensando. Esa mañana habían hecho el amor… no, habían tenido relaciones sexuales, se corrigió a sí misma, sintiendo un dolor ya familiar en el pecho.

Después, Antonio había querido explicarle por qué mintió Sally Harding… aparentemente había intentado seducirlo un par de años atrás y él la había rechazado, pero tenían que seguir viéndose porque su marido era amigo suyo. También le contó que había habido mujeres en su vida, pero que si se hubiera acostado con todas las que decían las revistas, no habría podido hacer una fortuna y habría muerto de agotamiento. Emily, entre sus brazos, saciada por completo, asintió con la cabeza porque no podía hacer mucho más. Pero no le había pasado desapercibido que no había dicho cuántas mujeres había habido en su vida. Luego, sonriendo con masculina satisfacción, Antonio le había dado un tierno pero, en opinión de Emily, condescendiente beso en la mejilla.

Era asombroso que un hombre tan brillante como él pudiera separar completamente la parte física y la parte emocional en lo que se refería al sexo.

Ella no podía hacerlo, pero estaba atrapada. Y no sólo por el miedo a la ruina de su familia. Estaba atrapada por el deseo que sentía por él. Era como una fiebre. Había creído estar curada después de lo que descubrió el día anterior, pero lo que pasó por la mañana le había demostrado que no era así.

Sabía que cada día que pasara con él caería aún más bajo su hechizo. No podía resistirse y Antonio era consciente de ello. Antes no sabía que el sexo pudiera ser tan adictivo, pero ahora lo sabía bien. Deseaba que la tocase, que la hiciera suya, y eso la llenaba de vergüenza.

Max se había marchado con los invitados y, solos ahora, paradójicamente el yate parecía más pequeño. Y pasar una semana allí sin poder escapar no resultaba nada apetecible. Al menos en tierra tendría posibilidad de dar un paseo, de escapar de aquella abrumadora atracción. En el yate, no podría esconderse en ningún sitio…

—Supongo que volver a casa no es una posibilidad —dijo con cierto sarcasmo.

—Tu casa está conmigo. Decide o yo decidiré por ti.

—En ese caso, las islas griegas suenan mejor —contestó Emily.

—Muy bien, informaré al capitán. Desgraciadamente, yo tengo trabajo y no puede esperar. Diviértete sola un rato, ve a la piscina si te apetece —Antonio la atrajo hacia sí para besarla posesivamente—. Te veo después. Es una promesa.

Y, por el brillo de sus ojos, era una promesa que pensaba cumplir.

—Muy bien —murmuró Emily. Probablemente ésa era la única promesa que le hacía a una mujer, pensó con tristeza.

Apoyándose en la barandilla, recordó las que ella había hecho en la iglesia el día de su boda. Había hecho esas promesas de corazón, pero evidentemente para Antonio no significaban nada. En cuanto a las excusas sobre sus ex amantes, si eran ex amantes de verdad, no las creía ni por un momento.

Antonio era un hombre sexualmente muy activo, incluso siendo inexperta se había dado cuenta de eso. Pero dudaba que él hubiese notado el cambio que se había experimentado en ella desde su noche de bodas. Ahora era una amante silenciosa, pero a Antonio parecía darle igual. Si no se acostase con ella, se acostaría con cualquier otra mujer.

Esa idea le encogió el corazón y con el dolor llegó una idea, quizá una posibilidad de escape…

Antonio era un hombre muy rico y, sin embargo, había olvidado pedirle que firmasen una separación de bienes antes de la boda. O, seguramente, la suprema confianza en su habilidad de mantenerla sexualmente satisfecha le hizo creer que no lo necesitaba.

Pero que Antonio le fuese fiel era prácticamente increíble. Quizá lo único que tenía que hacer era esperar. Inevitablemente tendrían que separarse en algún momento… ella se aseguraría de que así fuera. Una vez, sólo una vez, sería suficiente para pedir el divorcio. Y su abogado le exigiría una buena cantidad de dinero, suficiente para que no volviese a amenazar a su familia nunca más.

Era una idea terrible que no le gustaba en absoluto, pero viviendo con un cínico como Antonio Díaz no era ninguna sorpresa que empezase a pensar como él.

Antonio había dicho que era la química sexual la que unía a las parejas y que, tarde o temprano, eso desaparecía. Muy bien, entonces, después de una semana en la isla, saciada por fin, podría verse libre de aquel anhelo sensual que la ataba a su marido. O al menos podría controlarse un poco.

Sí, decidió. Lo haría… haría que el resto de su luna de miel se convirtiera en una explosión de sensualidad aunque su matrimonio fuese un completo fiasco.

Recién bañada y vestida con un pantalón corto y una camiseta, Emily bajó a la terraza, donde ya estaba servido el desayuno. Antonio había saltado de la cama para contestar a una llamada urgente una hora antes y Emily no sabía dónde podía estar.

Suspirando, se acercó a la balaustrada para admirar el paisaje. La villa estaba situada sobre una colina encima de la bahía y el jardín llegaba casi hasta la playa, la arena blanca hundiéndose en el mar, de un color verde azulado. Cerca había un muelle y un pueblo de pescadores, pero Emily sentía como si fuera la única persona viva en el planeta.

De repente, un brazo la tomó por la cintura.

–¿Te gusta mi casa? –le preguntó Antonio al oído.

–Gustarme es poco. Este sitio es un paraíso.

O podría serlo si las circunstancias fueran otras.

La villa tenía cinco dormitorios, tres salones, un estudio y un vestíbulo circular con una escalera de mármol. No era excesivamente grande, pero tenía un gimnasio en el sótano, un salón de juegos y un fabuloso jardín con piscina. Cuatro empleados de servicio se encargaban de satisfacer todas sus necesidades, llevando la casa como un reloj, y un equipo de jardineros mantenía el jardín en perfectas condiciones.

La villa lo tenía todo; como su propietario, pensó, disimulando un suspiro.

–¿Qué te apetece hacer hoy?

–Explorar, nadar un rato en el mar... por ahora sólo he visto esta terraza y el dormitorio.

–Tus deseos son órdenes para mí –sonrió Antonio.

Media hora después, atravesaban la carretera que llevaba al pueblo en un todoterreno. Antonio, vestido con unos viejos vaqueros y Emily, con una gorra y los brazos y las piernas cubiertos de crema solar.

–Voy a llevarte a un sitio donde se toma el mejor café del mundo, pero no le cuentes a mi ama de llaves que yo he dicho eso –sonrió Antonio, parando el todoterreno frente a la terraza de un café.

El propietario salió de inmediato y Emily observó, atónita, que se abrazaban como si fueran viejos amigos. Aquel era su hogar, evidentemente. Su marido le presentó al hombre, que insistió en servirles café y pastelitos. Y, mientras intentaba probarlos, todos los vecinos del pueblo fueron desfilando por allí para saludarlos. O eso parecía.

Aquél era un Antonio que no había visto nunca. Riendo, charlando con todos, totalmente relajado...

–Ven –dijo luego, tirando de ella–. Hora de explorar.

Estuvieron todo el día explorando la isla. Comieron un queso de cabra buenísimo y un pan recién hecho y luego pasaron la tarde en una playa desierta.

Antonio se quitó los vaqueros y, totalmente desnudo, la convenció para que hiciera lo mismo. Nadaron, rieron… y Emily descubrió que era posible hacer el amor en el mar. Por fin, cuando el sol empezaba a ponerse, volvieron a la villa; Emily ligeramente quemada y cubierta de arena de la cabeza a los pies, Antonio más bronceado y alegre que nunca. Compartieron ducha, cenaron en la terraza y se acostaron temprano.

Era la luna de miel que ella había esperado y, aunque sabía que era una mentira, Emily olvidó sus inhibiciones y disfrutó cada segundo. Sabía que nunca amaría a otro hombre como amaba a Antonio y, con eso en mente, bloqueó todo pensamiento negativo. Una semana de felicidad era lo que se había prometido a sí misma.

Y, asombrosamente, lo fue.

Capítulo 8

QUÉ te gustaría hacer el último día? –preguntó Antonio.

Emily, con una taza de café en la mano y las piernas estiradas, miraba fijamente hacia el jardín.

–Había pensado nadar un rato en la piscina y luego hacer la maleta.

Brillaba bajo el sol, una chica dorada en todos los aspectos, pensó él. Todo el mundo en la isla la adoraba. Era divertida y simpática con todos. Evidentemente, había olvidado la discusión sobre su padre y el comentario de la estúpida Sally Harding. Claro que él siempre había sabido que sería así después de una semana en su cama, pensó, satisfecho consigo mismo.

En realidad, no había pasado una semana mejor en toda su vida. Ella era la pareja perfecta, en la cama y fuera de la cama. Y más de lo que podría haber deseado. Llevaba un bikini de color carne con un fino pareo encima, atado con un nudo sobre sus pechos, y sintió que su cuerpo despertaba aunque no había pasado mucho tiempo desde que hicieron el amor en la ducha.

Para ser una chica tan inocente tenía un sorprendente buen gusto en cuanto a ropa interior. Claro que ella era de naturaleza sensual y, mientras fuera sólo para sus ojos, no era un problema.

—Entonces será mejor que reserve un vuelo a Londres.

Perdido en la contemplación de su cuerpo, y en lo que quería hacer con él, Antonio casi se perdió el resto de la respuesta.

—No hace falta. El helicóptero vendrá a buscarnos mañana para llevarnos a Atenas, donde nos espera mi jet.

—Pero pensé que tenías que ir a Nueva York...

—Así es.

—Yo tengo que estar en Londres el martes. Tengo que estudiar unos documentos muy frágiles que no pueden sacarse del museo.

La expresión de Antonio se oscureció. Sí, le había dicho que la apoyaría en su carrera, pero eso había sido antes. ¿Antes de qué?, se preguntó. Antes de haber desarrollado un ansia insaciable por ella...

Quizá lo mejor era que fuese a Nueva York solo. Tendría reuniones todo el día y Emily sería una distracción. No, pensó luego. Él tenía las noches libres y Emily podía divertirse sola. Nunca había conocido a una mujer a la que no le gustase ir de compras por Nueva York.

—Pero nunca has estado en mi ático de Londres. Tengo que acompañarte para hablar con los de seguridad, presentarte a los empleados... sería mucho más conveniente que dejaras lo del museo para más tarde, cuando pudiéramos ir a Londres juntos. Te gustará Nueva York y, mientras yo trabajo, tú puedes ir de compras.

¿Conveniente para quién?, se preguntó ella, irónica.

Antonio le había contado más cosas sobre su pasado, siempre sorprendentes. Y, aunque no lo parecía, estaba segura de que todo eso tenía que haberle afectado de alguna forma. Era medio griego y, sin embargo, parecía más peruano que otra cosa. Admitía que el trabajo era toda su vida, pero su único interés verdadero era criar caballos en su finca de Perú.

Habían nadado desnudos en el mar, habían hecho el amor cada vez que lo deseaban, que era casi constantemente… pero todo aquello tenía que terminar porque, en sus pocos momentos de soledad, e incluso haciendo un esfuerzo por entender su comportamiento, seguía sin perdonar u olvidar la razón por la que se había casado con ella.

–No me gusta demasiado ir de compras y puedo alojarme en mi casa.

Emily vio que se ponía tenso. No, no le gustaba eso. En su masculina presunción, creía saberlo todo sobre ella, pero sólo conocía su nombre. Y su cuerpo.

–No tienes que preocuparte –siguió–. No le contaré a Tom y Helen la razón por la que te casaste conmigo. No tiene sentido darles un disgusto repitiendo las mentiras que dijiste sobre mi padre –Emily se levantó–. Voy a reservar un vuelo antes de irme a la piscina.

–No –Antonio se levantó también para sujetarla del brazo–. No te mentí sobre tu padre y tengo una carta que lo demuestra.

–Lo creeré cuando lo vea.

–La verás, te lo aseguro.

–Si tú lo dices… –Emily se encogió de hombros–. Claro que tu hermana podría haber mentido, ¿no se te ha ocurrido pensar eso? –estaba siendo deliberadamente insultante y le dolía serlo, pero tenía que escapar de alguna forma–. Después de todo, no era precisamente la madre Teresa de Calcuta…

Antonio tiró de su mano para atraerla hacia sí y aplastó sus labios en un beso salvaje, más un castigo que una caricia.

–¿Se puede saber qué demonios te pasa? –le preguntó después–. Pensé que…

–¿Qué creías, que tu habilidad en la cama me haría olvidar por qué te has casado conmigo? Pues lo siento, pero no lo olvidaré nunca. Necesito estar en Londres el martes para seguir con mi carrera como habíamos acordado, eso es todo lo que tienes que saber.

Antonio la soltó y dio un paso atrás, mirándola con expresión helada.

–Muy bien, pero tendremos que comparar agendas. No tengo intención de estar solo mucho tiempo –dijo luego, alargando una mano para apartar el pelo de su cara–. En cuanto a reservar vuelo, olvídalo. Ve a nadar, una de las criadas hará tu maleta. Nos iremos después de comer. Te acompañaré a Londres y viajaré a Nueva York mañana por la mañana.

Que hubiese cambiado de opinión era extraño en él, pero su expresión era indescifrable, distante.

–¿Lo dices en serio?

–Por supuesto. Evidentemente, la luna de miel ha terminado y no tiene sentido pasar otra noche aquí. Nos vemos luego, Emily. Ahora tengo que hablar con el piloto.

Y, después de decir eso, se alejó.

El almuerzo fue servido en la terraza, pero no había ni rastro de su marido. Aunque no tenía apetito, Emily estaba intentando comer algo cuando la criada apareció con un mensaje de Antonio. Por lo visto, estaba demasiado ocupado para comer con ella y había pedido que llevasen una bandeja a su estudio. También le decía, en el tono habitual, que debía estar lista en una hora.

Emily bajó las escaleras exactamente una hora después, vestida con el traje azul marino. Antonio, en el vestíbulo, con el ordenador portátil en una mano y el móvil en la otra, se volvió al oír el repiqueteo de los tacones, sus ojos oscureciéndose un poco más al recordarla bajando la escalera de Deveral Hall el día de su boda. Entonces llevaba el mismo traje azul, sus ojos azules brillando de felicidad, con una sonrisa que podría iluminar todo el salón.

De repente, reconoció la diferencia que había estado dando vueltas en su cabeza desde que llegaron los invitados en Montecarlo. El sexo entre ellos era genial, pero no había vuelto a ver un brillo de felicidad en sus ojos, ni la había oído susurrar palabras de amor como en su noche de boda. Emily se había vuelto una amante entusiasta, pero silenciosa.

Aunque eso daba igual. Era su mujer y había conseguido lo que quería.

Entonces, ¿por qué no se sentía satisfecho?

—Ah, veo que ya estás lista —cuando se acercaba al pie de la escalera se le ocurrió una idea que le pareció brillante—. Vamos, el helicóptero está esperando.

En Atenas tomaron el jet privado de Antonio, pero en cuanto estuvieron en el aire se apartó de ella y, sentándose al otro lado del pasillo, abrió su ordenador y se puso a trabajar.

Después de servir el café y ofrecerle unas revistas, John, el auxiliar de vuelo, le preguntó si necesitaba algo más. Era un joven agradable y, charlando con él, Emily descubrió que su ambición era viajar por todo el mundo y su trabajo una manera de conseguirlo.

En cuanto a Antonio, apenas la miró.

Emily cerró los ojos, pensativa. ¿Hacía bien volviendo a Inglaterra? Tom y Helen enseguida se darían cuenta de que le pasaba algo. Aunque podría alojarse en el ático de Antonio... podía buscar excusas para no verlos y, además, estar sola era justo lo que necesitaba en ese momento.

Cuando volvió a abrir los ojos, mucho tiempo después, John se acercó para preguntarle si quería comer algo y ella miró su reloj.

—Pero ya debemos estar a punto de llegar, ¿no?

—No, aún estamos a medio camino.

—¿A medio camino?

—Hay seis horas de vuelo hasta Nueva York...

–Cállate, John –intervino Antonio–. Déjanos solos un momento.

Cuando el auxiliar de vuelo desapareció, Emily le dirigió una mirada asesina a su marido.

–Eres un mentiroso…

–No pensarías que iba a dejar que me dieras órdenes, ¿no? Ninguna mujer me dirá nunca lo que tengo que hacer.

Muda de rabia, Emily miró alrededor. Estaba atrapada a diez mil metros sobre el Atlántico.

–No puedes hacerme esto. Es un secuestro…

–Ya lo he hecho, acéptalo.

–¡No voy a aceptarlo! –exclamó ella, furiosa. Quería gritar de rabia y de frustración pero, ¿de qué serviría?

–Haz lo que quieras –sonrió Antonio–. Pero si cambias de opinión, estos asientos se convierten en una cama estupenda. Los vuelos largos son muy aburridos.

«Nunca», pensó Emily, indignada.

Max los esperaba en el aeropuerto para llevarlos en limusina al ático de Antonio sobre Central Park. Y Emily seguía sin creer que la hubiese llevado allí engañada. ¿Qué clase de hombre era Antonio Díaz? ¿Con qué clase de monstruo se había casado?

Una vez en el ascensor, Antonio pulsó el botón del ático y se apoyo en la pared, mirándola sin expresión.

–Pensé que Max vendría con nosotros –dijo ella, sin mirarlo.

–No, está aparcando la limusina en el garaje. Luego subirá las maletas y se marchará.

–Pasa mucho tiempo contigo. ¿A qué se dedica exactamente?

–Max es mi jefe de seguridad y un amigo en el que siempre puedo confiar.

–¿Un guardaespaldas quieres decir? Pero eso es ridículo.

–No es ridículo. Inconveniente a veces, pero en mi mundo es necesario. Max vigila por mí, dispuesto a informarme de cualquier peligro. De hecho, desde que nos casamos tú también tienes un guardaespaldas.

–¿Quieres decir que han estado vigilándome todo el tiempo? –exclamó ella, atónita. Era como si su intimidad hubiera sido invadida, junto con su cuerpo y todo lo demás, desde el día que se casó con él–. Yo no quiero guardaespaldas. No me gusta que me sigan a todas partes.

Antonio se encogió de hombros.

–El operativo de Max es totalmente discreto. Te garantizo que no lo notarás siquiera. Soy un hombre muy rico, Emily, y mi esposa podría ser objetivo para algún secuestrador.

–Y tú sabes mucho sobre secuestros, ¿no? –le espetó ella.

–Olvídalo, cariño. Estás aquí y la seguridad no es negociable. ¿Lo entiendes?

Emily lo entendía muy bien, pero no tenía intención de soportar que alguien la vigilase veinticuatro horas al día y sabía que podría escapar de esa vigilancia cuando quisiera.

–Sí, claro. Perfectamente.

Una vez en el ático, Antonio le presentó a su ama de llaves, María, y a su marido, Philip, que cuidaban la casa por él.

–María te enseñará la casa. Yo tengo mucho trabajo.

–Espera… ¿dónde está el teléfono? –preguntó Emily–. Tengo que llamar a Helen para decirle dónde estoy.

–¿No has traído tu móvil?

Sabía que tenía uno porque la había llamado frecuentemente cuando estaban saliendo.

–No pensé que me hiciera falta en mi luna de miel.

–Muy bien, Emily, entiendo el mensaje –suspiró Antonio–. Lo sé, la luna de miel no ha sido lo que tú esperabas, pero la vida rara vez es lo que uno espera –añadió, enigmático–. Ésta es tu casa ahora, puedes usar el teléfono y todo lo demás.

–Muy bien. ¿Me prestas tu ordenador?

–No hace falta. Te traerán uno mañana mismo –contestó él–. Si quieres comer algo, díselo a María… aunque a mí se me ocurre algo más entretenido que comer. Pero, por tu expresión, dudo que estés de acuerdo –dijo Antonio, irónico–. Nos vemos a la hora de la cena.

Después de eso desapareció. Diciendo la última palabra, como siempre, pensó ella, amargada.

María le enseñó el ático, con un enorme salón, un cuarto de estar, un estudio, tres suites con dormitorio y cuarto de baño completo, un dormitorio principal con jacuzzi y sauna... Los suelos eran de madera brillante, la decoración tradicional más que contemporánea y la vista de Manhattan tan hermosa como para robarle el aliento.

La cena fue más tensa que de costumbre, pero Antonio le dijo que al día siguiente le enseñaría la ciudad.

–No hace falta, seguro que a Max no le importaría acompañarme –replicó Emily.

–Mañana por la mañana saldremos juntos a dar un paseo –insistió él–. A partir de mañana puedes salir sola cuando quieras.

–¿Salir para qué? Ahora mismo tendría que estar en Londres, trabajando.

–Yo paso mucho tiempo en Nueva York y, como eres mi esposa, tú también. En este momento estoy negociando una adquisición importante. Tengo mucha fe en mis empleados, pero cualquier error podría costarme una fortuna, de modo que mi presencia es necesaria.

–Ya, claro. Mucho más importante que mi investigación, que no genera ingresos millonarios –replicó Emily, irónica.

–Tu carrera, aunque interesante, no es lo más importante de tu vida. Sé que has hecho algunas expediciones por el Mediterráneo, pero pasas la mayoría del tiempo en un museo entre viejos papeles…

–Eso es lo que hacen los investigadores. ¿Y cómo lo sabes tú, además?

–He hecho que te investigasen.

–Ah, claro, por supuesto… ¿qué otra cosa puede hacer un marido normal? –casi le daban ganas de reír. La situación era completamente absurda.

–Ignorar la realidad es peligroso. Ahora estás en Nueva York, te guste o no. Un sitio que no te es familiar y en el que necesitas protección…

–Pero yo no quiero vivir aquí –le interrumpió ella–. Hay demasiada gente, demasiado tráfico, demasiado… todo.

–No tendremos que vivir aquí todo el tiempo. Mis oficinas centrales están en Londres y la que considero mi verdadera casa, en Perú. Creo que te gustará.

Y tuvo la indecencia de sonreír.

Emily se levantó abruptamente.

–Si tú estás allí, lo dudo. Me voy a la cama… sola –dijo, antes de darse la vuelta.

Casi había llegado a la escalera cuando una fuerte mano la tomó por la cintura.

–Estás enfadada porque te he traído a Nueva York y lo entiendo. Pero mi paciencia tiene un límite –le advirtió Antonio, inclinando la cabeza para buscar sus labios–. Recuérdalo.

Emily miró esos ojos negros como la noche con el corazón acelerado y tuvo que agarrarse a la barandilla de la escalera.

Por Dios bendito, aquel hombre la había secuestrado, la había engañado… ¿qué clase de idiota sin voluntad era?, pensó, apartándose de su abrazo.

Capítulo 9

DESPERTÓ sola, la marca de la cabeza de Antonio sobre la almohada recordándole que su marido había compartido cama con ella por segunda vez… sin tocarla. Estaba dormida cuando se reunió con ella la primera noche y ella le había dado la espalda.

Y se decía a sí misma que eso era lo que debía hacer.

Como un general, Antonio la había llevado por todo Manhattan, enseñándole los edificios más conocidos. Luego le había comprado un móvil y programado todos los números que creía que podía necesitar. Y también le compró una montaña de ropa a pesar de sus protestas. Su esposa, según él, tenía que dar una imagen determinada. Y la poca ropa que había llevado con ella en la maleta no era suficiente. Lo cual, evidentemente, no era culpa suya.

Cuando volvió al apartamento, se quedó boquiabierta al ver que no sólo tenía un nuevo ordenador sino un escritorio, un sillón de trabajo y una estantería llena de libros. Un estudio en toda regla.

Abrió su cuenta de correo y uno de los mensajes la animó muchísimo. Era la confirmación de que la expedición que había estado intentando organizar durante los últimos meses iba a realizarse. Y que el gobierno venezolano había expedido las licencias y los permisos necesarios. La expedición tenía como objetivo localizar un barco pirata hundido en el archipiélago de Los Roques y Emily se reuniría con el resto del equipo en Caracas el veinte de septiembre. Su esperanza era encontrar el pecio y su carga que, según todos los documentos que habían localizado, consistía en oro, joyas y tesoros de toda Europa.

Inclinada sobre el ordenador soltó una carcajada mientras leía el correo de Jake Hardington, un renombrado buscador de tesoros y famoso seductor, aunque ella sabía que era un hombre felizmente casado. Su mujer, Delia, era amiga suya.

—Parece que hay algo que te hace feliz.

Emily volvió la cabeza al oír la voz de su marido.

—¿Cuándo has llegado?

—Ah, estás trabajando —murmuró Antonio—. Entonces no soy yo la causa de tu buen humor.

—No, desde luego. Pero gracias por el ordenador.

Él apartó un mechón de pelo de su frente.

—Puedes tener todo lo que quieras, ya lo sabes —murmuró, inclinándose para besarla, su lengua despertando un cosquilleo ya familiar entre sus piernas.

—¿Y ahora tengo que pagar por ello? —preguntó Emily, apartándose.

—Me decepcionas, querida. Yo nunca he tenido que pagar a una mujer. ¿Por qué dejas que el resentimiento nuble tu buen juicio? ¿Por qué privar a tu cuerpo de lo que evidentemente desea? —su mirada oscura se deslizó hasta sus pechos, los pezones marcándose claramente bajo la tela de la camiseta–. Eres una mujer muy obstinada, pero no puedes competir conmigo.

Al día siguiente, decidió salir sola por Nueva York y rechazó la limusina, insistiendo en que sólo iba a dar un paseo. Entró en la primera estación de metro que encontró y se coló de un salto en el último vagón de un tren que estaba a punto de salir. Pero, mientras se cerraban las puertas, en el andén vio a un hombre que sacaba un móvil del bolsillo, mirándola con gesto preocupado.

Emily se encogió de hombros.

No tenía ni idea de dónde iba y le daba igual. Era libre…

Un par de estaciones después bajó del vagón y salió del metro. Las calles estaban tan llenas de gente que algunas personas chocaban con ella y, sin saber por qué, soltó una carcajada. Era estupendo formar parte de las masas de nuevo.

Antonio miró a los seis hombres reunidos en la sala de juntas. Había tardado meses en organizar aquella reunión y, si se ponían de acuerdo, sería la mayor transacción que había visto Wall Street. Echándose hacia atrás en la silla, dejó que el estadounidense tomase la palabra… el hombre había sido su invitado en el yate y ya habían acordado cómo presentar el proyecto para que fuera irresistible.

Entonces sintió una vibración en el pecho. Maldito teléfono móvil… Pero cuando miró la pantalla se levantó de un salto.

–Lo siento, señores, tengo que posponer la reunión.

Estaba furioso, más que eso, cuando todos salieron de la sala de juntas.

–¿Qué ha pasado, Max? –preguntó, poniéndose el móvil en la oreja–. ¿Cómo es posible que la hayáis perdido?

Después de escuchar un momento, Antonio dio instrucciones estrictas para que la encontrasen inmediatamente.

Emily miró alrededor. Empezaba a anochecer y los rascacielos que seis horas antes le habían parecido fabulosos ahora le parecían amenazadores. Al sentarse en una terraza para comer algo comprobó que le habían robado el móvil, pero no se preocupó demasiado porque aún tenía el bolso y el dinero. Sin embargo, al subir a un taxi se dio cuenta de que no sabía la dirección de Antonio… sólo sabía que era un rascacielos sobre Central Park. Y todos los rascacielos le parecían iguales.

El taxista era extranjero y, por mucho que intentó explicárselo, no fueron capaces de entenderse. Suspirando, Emily bajó del taxi.

¿Qué podía hacer? Pensó en llamar a información, pero todas las cabinas que encontró a su paso estaban estropeadas. Como último recurso, decidió entrar en una comisaría.

El policía del mostrador la miró como si estuviera loca cuando le explicó que le habían robado el móvil con todos los números de contacto en Nueva York y que no sabía la dirección de su marido. El hombre le pidió que se sentara, ofreciéndole amablemente un café, y Emily suspiró, nerviosa. Antonio montaría en cólera, sin duda. Seguramente habría enviado a Max a buscarla y el pobre Max estaría volviéndose loco por todo Nueva York.

La puerta de la comisaría se abrió poco después. Emily levantó la cabeza y vio la silueta de un hombre recortada contra la luz de la calle. No podía ver su cara, pero daba igual. Era Antonio y la furia que emitía era evidente desde donde estaba sentada.

–Hola, Antonio, me han robado el móvil y…

–Vamos a casa –la interrumpió él, tomándola del brazo.

–Gracias, Grant.

Emily miró por encima del hombro para despedirse del policía mientras su marido la llevaba hacia la puerta.

–Gracias, Grant –repitió él, colérico, mientras entraban en un Ferrari negro.

No dijo una palabra más hasta que llegaron al apartamento.

–Siento que hayas tenido que ir a buscarme –se disculpó Emily.

–Tienes suerte de que sólo te hayan robado el móvil –replicó él, con una tranquilidad más aterradora que su furia–. ¿Por qué no entiendes de una vez que ésta es una ciudad peligrosa? Siendo mi mujer estás bajo mi protección y, sin embargo, te pones en peligro deliberadamente...

–Sólo había ido a dar un paseo...

–Dos hombres han perdido su empleo por tu culpa –siguió Antonio, como si no la hubiese oído–. Y yo he perdido el mejor acuerdo económico del año porque tuve que dejar una reunión para ir a buscarte. Espero que estés contenta.

–Yo no quería que nadie perdiese su empleo. No los despidas, por favor.

Antonio levantó una ceja.

–Si me das tu palabra de que dejarás de portarte como una niña pequeña y empezarás a portarte como debe hacerlo mi esposa.

–¿Quieres decir que te haga reverencias y obedezca tus órdenes? –replicó ella, irónica.

–No seas dramática. Tú sabes a qué me refiero. Si vuelves a hacerme pasar por lo que me has hecho pasar hoy, te encerraré y tiraré la llave... –Antonio no terminó la frase, buscando sus labios con una desesperación que casi la asustó.

Sabía que debería apartarse porque en ese beso no había amor... y por un millón de razones. Pero dos días sin tocarlo habían debilitado su resistencia. ¿Y por qué iba a negarle a su cuerpo lo que le pedía?

Antonio sólo quería sexo y, si era sincera consigo misma, debía admitir por fin que no tenía voluntad para luchar contra la atracción que sentía por él. Ni siquiera tenía sentido fingir que aquello era amor...

Emily enredó los brazos en su cuello y, al notar

que se estremecía, pensó que de verdad había estado preocupado por ella. Y, aunque no quería admitirlo, eso despertó de nuevo la esperanza de que hubiese un futuro para su matrimonio.

Más tarde, en la cama, después de dos noches de abstinencia tardaron mucho tiempo en satisfacerse el uno al otro.

Pero a la mañana siguiente Max estaba esperándola en la cocina con cara de pocos amigos.

—Buenos días. Espero que no estés enfadado conmigo.

—Supongo que sabrás que no fue tu habilidad sino pura suerte que perdieras al hombre que te seguía. Y mucha más suerte que no te pasara nada…

—Eres tan exagerado como Antonio —sonrió Emily.

—¿Esto te hace gracia? Pues deja que te diga una cosa: en esta ciudad hay cientos de asesinatos todos los días…

—Lo sé, lo sé —Emily se puso seria.

Seguramente el hombre no sabía que Antonio la había llevado allí contra su voluntad y ella no tenía intención de contárselo.

—¿Qué intentas hacerle a Antonio? —le preguntó Max entonces—. Cuando se casó contigo, pensé que era lo mejor que podía pasarle. Al menos había amor en su vida por primera vez, algo que no ha tenido nunca. Pero ahora no estoy tan seguro. Nunca lo había visto tan preocupado. Es un hombre rico y poderoso y tiene muchos enemigos, Emily. Tú eres su mujer, deberías ser consciente del peligro. Ayer casi le da un infarto al saber que habías desaparecido. Es un hombre solitario por naturaleza, por no decir un adicto al trabajo, pero ayer lo dejó todo para ir a buscarte. Ese hombre te adora y tú le pagas portándote como una niña rebelde... Quiero que me des tu palabra de que no volverás a hacerlo. Si no me das tu palabra, iré pegado a ti como una sombra.

Atónita por el tono y asombrada de que Max pensase que Antonio la quería, Emily se limitó a asentir con la cabeza.

Mercedes, su nueva escolta, llegó unos minutos después. Era un poco mayor que ella y, tras media hora de conversación, Emily decidió que le gustaba. La chica conocía bien la ciudad, lo bueno y lo malo, y tenía un gran sentido del humor. A partir de aquel día la acompañó a museos, tiendas y galerías de arte, de modo que su estancia en Nueva York empezó a ser más agradable.

Pero Emily estaba deseando volver a Londres.

Dos semanas después Emily estaba frente al espejo, pero casi no se reconocía. Su pelo rubio sujeto en un elaborado moño, el vestido negro con escote palabra de honor que se pegaba a sus curvas... todo regalo de Antonio, como el collar de diamantes que llevaba al cuello, el que le había ofrecido por primera vez en el yate y que había insistido se pusiera esa noche.

Su relación había cambiado de forma perceptible desde que se perdió. El sexo era fabuloso y, aunque a veces deseaba oír palabras de amor, se decía a sí misma que uno no podía tenerlo todo.

Aunque lo que tenía con Antonio se parecía cada vez más a lo que había soñado.

Cuando no estaba paseando por Nueva York con Mercedes, estaba frente a su ordenador, trabajando. Afortunadamente, porque aparte de algunas cenas de trabajo a las que tenía que acudir con Antonio, apenas se veían.

Max tenía razón sobre él: era un adicto al trabajo. Se iba a la oficina a las seis de la mañana y casi nunca volvía hasta las nueve. Y entonces sólo tenían tiempo de cenar e irse a la cama... para hacer el amor con la misma pasión que el primer día.

Aquella tarde había vuelto a las siete porque tenían que ir a una exposición de arte en la embajada de Perú.

Mientras iban en el coche hacia la embajada, con Antonio callado, Emily empezó a darse cuenta de que Max lo conocía muy bien, seguramente mejor que nadie. Era un solitario. El verdadero Antonio no era el hombre al que había visto en el gran Premio de Mónaco, sino el serio magnate de las finanzas ocupado veinticuatro horas al día. El trabajo era su vida, todo lo demás tenía poca importancia.

Antonio Díaz era un hombre poco dado a las emociones. Incluso su venganza había perdido intensidad al revelársela. Según él, la discusión en el yate no había tenido importancia porque las dos personas de las que hablaban estaban muertas.

Debería haberse dado cuenta entonces... la muerte de su madre y su hermana era seguramente lo único que había tocado el corazón de aquel hombre. Todo lo demás era trabajo.

–Estás muy callada –le dijo mientras entraban en el elegante salón de la embajada.

–No, estoy bien –murmuró ella, mirando alrededor.

Camareros con bandejas llenas de copas de champán y sofisticados canapés se movían entre los integrantes de la élite de Nueva York por la vasta sala repleta de cuadros y esculturas.

Cuando el embajador y su esposa, Luz, se acercaron para saludarlos, Emily creyó detectar cierta tensión.

–Nos quedamos muy sorprendidos al saber que te habías casado –dijo la esposa del embajador–. ¿Hacía mucho tiempo que os conocíais?

–El tiempo suficiente para saber que Emily era la mujer de mi vida.

La pareja los felicitó, pero Emily seguía notando cierta hostilidad. Y cuando se alejaron, Antonio no pudo disimular un gesto de satisfacción. ¿Sería Luz otra de sus amantes?

–¿Qué ha pasado? Pensé que el embajador era amigo tuyo.

–No, yo tengo pocos amigos. Muchos conocidos, pero nada más. Estamos aquí porque soy el patrocinador de esta exposición.

–¿Ah, sí? Me sorprende.

–¿Te gusta?

–No –contestó Emily, mirando alrededor–. La verdad es que no me gusta nada, pero me sorprende que tú patrocines a artistas. Pensé que no tenías tiempo para esas cosas.

Antonio sonrió, tomándola por la cintura.

–No creo que al artista le hiciera mucha gracia tu opinión. En cuanto a mi patrocinio... yo me limito a poner dinero, nada más.

Durante más de una hora estuvieron saludando a empresarios, diplomáticos y abogados. Emily estrechó docenas de manos sin prestar demasiada atención, deseando salir de allí lo antes posible. Pero, aunque al principio no le había gustado la exposición, había dos cuadros que le parecían interesantes: un paisaje abstracto de los Andes cubierto de niebla y el retrato de un niño en cuclillas con lo que parecía el sombrero negro de su padre en la cabeza.

Antonio compró los dos.

–No tenías por qué hacerlo.

–¿Por qué no? –sonrió él, llevándola hacia la salida–. Vamos a cenar, tengo hambre.

Cuando iban a salir de la embajada, Luz se acercó a ellos.

–¿Os vais ya?

–Sí, vamos a cenar.

–¿Por qué no venís con nosotros? –sugirió la mujer–. Vamos a cenar en un restaurante que acaban de inaugurar.

–No, Luz –contestó Antonio con expresión seria–. Tengo cosas mejores que hacer.

–Eso ha sido un poco grosero, ¿no? –preguntó Emily cuando estaban subiendo al coche–. Pero, evidentemente, conoces bien a esa mujer. He visto tu expresión cuando mirabas al embajador y no me ha parecido muy edificante.

–¿Edificante? Eres tan británica, Emily –sonrió él–. Pero deja de imaginar que he tenido algo con

Luz. Pareces creer que me he acostado con cientos de mujeres y no es verdad. De ser así no habría podido hacer una fortuna. Claro que eso es algo que tú no puedes entender porque has llevado una vida regalada.

–¿Qué tiene eso que ver…?

–¿Vas a dejar que te explique de qué conozco a Luz?

Emily puso los ojos en blanco.

–Adelante, dime de qué la conoces.

–Conocí a su hermano en Perú. Yo tenía doce años cuando mi madre me llevó allí a vivir con mi abuela. Me enviaron al mejor internado del país y, a los catorce años, conocí al hermano de Luz. Nos hicimos amigos porque los otros chicos se metían con él y yo lo defendía. Pedro era un chico muy tímido y tenía alma de artista, pero no sabía defenderse de los matones. Durante dos años fuimos grandes amigos. Él iba a mi casa en vacaciones o yo a la suya, así que también me hice amigo de Luz. Hasta que su padre descubrió quién era mi familia y les prohibieron terminantemente volver a verme. Además, hizo todo lo que pudo para que me echasen del internado.

–Oh, Antonio…

–No te preocupes, a mí no me pasó nada –la interrumpió él–. Pero arruinó la vida de su hijo. Lo envió a otro colegio donde, aparentemente, los chicos también se metían con él y, doce meses después, Pedro se suicidó. Yo fui a su funeral y me quedé detrás para que nadie me viera.

A Emily se le encogió el corazón. Era lógico

que Antonio hubiera sufrido tanto al descubrir el suicidio de su hermana; su amigo de la infancia había hecho lo mismo.

—Por eso me satisface tanto que ahora tengan que ser complacientes conmigo y no pienso disculparme por ello. En cuanto a Luz, es igual que su padre, una clasista de la peor especie.

—Lo siento mucho, Antonio.

Él sacudió la cabeza.

—El día que nos conocimos te dije que perdías el tiempo sintiendo compasión por mí. Eres demasiado ingenua, Emily.

—Puede que lo sea, pero contéstame a una pregunta: ¿por qué no te casaste con Luz para vengarte de su padre y de ella?

—Nunca se me ocurrió —respondió él—. Además, puede que yo tenga un lado vengativo, no lo niego, pero no soy masoquista. Tú eres tan guapa que Luz es un ogro comparada contigo.

Ella lo miró, atónita. ¿Eso era un piropo? No sabía qué pensar… y aprovechándose de su sorpresa, Antonio se inclinó para buscar sus labios.

—¿No íbamos a cenar fuera? —preguntó Emily cuando la limusina se detuvo frente al apartamento.

—Sigo teniendo hambre —contestó él, su acento más pronunciado que de costumbre—. Pero la comida puede esperar —añadió, apretándola contra su torso.

Esa noche le hizo el amor con una ternura y una pasión que llevó lágrimas a los ojos de Emily porque sabía que, aunque para ella no lo fuera, para Antonio sólo era sexo.

Capítulo 10

ANTONIO apagó el ordenador y se abrochó el cinturón de seguridad.

El avión aterrizaría en Londres en unos minutos y estaba deseando llegar. Había firmado un fabuloso contrato y tenía un mes de vacaciones… Antonio frunció el ceño.

No había visto a Emily en dos semanas, pero estaba decidido a que eso no volviera a pasar. Llevaban tres meses casados, el sexo era genial y debería sentirse satisfecho. Sin embargo, el tiempo que pasaban el uno con el otro era limitado.

Después de tres semanas en Nueva York habían vuelto a Londres y Emily había seguido con su investigación, pero él se había visto obligado a viajar a Oriente Medio. En julio volvieron a Grecia, pero él tuvo que viajar frecuentemente a Atenas y Moscú.

A principios de agosto Emily debería haberlo acompañado a Australia, pero Helen acababa de dar a luz, de modo que insistió en volver a Londres para ayudarla y Antonio no pudo poner objeciones.

Pero después de estar solo durante casi dos semanas la había llamado por teléfono la noche anterior para decirle que hiciera las maletas, se iban a Perú. Lo cual le daba el tiempo justo para darle un beso al niño y tomar el avión. Ya era hora de que ellos tuvieran un hijo, pensó. De hecho, Emily podría estar embarazada. Aunque ella no le había dicho nada por teléfono. Claro que ella nunca decía mucho…

Una hora después, el Bentley se detenía frente a la casa de Kensington. Mindy, el ama de llaves, lo acompañó al salón.

Emily estaba sentada en una silla, los rayos del sol que entraban por la ventana creaban un halo dorado alrededor de su cabeza.

No lo había oído entrar, toda su atención concentrada en el niño que tenía en los brazos.

–Eres un niño precioso –le decía, con una sonrisa en los labios–. Sí, lo eres, lo eres. Y tu tía Emily te quiere muchísimo.

A Antonio se le hizo un nudo en la garganta.

–Emily…

–Ah, hola, no sabía que estuvieras aquí –Emily se levantó con el niño en brazos–. Mira, ¿a que es precioso?

Ella era preciosa. Llevaba la raya en medio, el pelo suelto cayendo por su espalda mientras apretaba al bebé contra su pecho…

Antonio lo miró con envidia.

–Sí, es muy guapo –murmuró, acariciando la cara del niño con un dedo.

–Helen y Tom han decidido llamarle Charles, como mi padre.

Había un brillo de desafío en sus ojos que no intentaba ocultar. Era una mujer de carácter y jamás aceptaría la verdad sobre su padre, pensó Antonio. En cuanto a él, ya le daba igual…

–Bonito nombre. Me gusta.

–Charles Thomas –Helen, que acababa de entrar en el salón, tomó al niño en brazos–. Me alegro de verte, Antonio. Y ahora, ¿te importaría llevarte a tu mujer a casa para intentar hacer uno parecido? Tengo miedo de que me lo robe.

Todos rieron, pero él notó que Emily evitaba su mirada.

–Eso es lo que pensaba hacer –Antonio la tomó por la cintura con gesto posesivo–. Ésta va a ser una visita breve, Helen. Nos vamos a Perú mañana mismo.

Emily vio en sus ojos una promesa de pasión y sabía que en los suyos él vería lo mismo.

–Vamos, marchaos de aquí –rió su cuñada–. Estáis avergonzando al niño.

En cuanto entraron en la habitación, Antonio pasó un brazo por su cintura.

–Llevo dos semanas esperando este momento.

–¿Por qué? ¿No había mujeres disponibles en Australia? –dijo Emily, medio en broma. Sabía que lo amaba, pero también sabía que no podía confiar en él y el monstruo de los celos la perseguía cuando no estaba a su lado. No era algo de lo que se sintiera orgullosa, pero…

–Muchas, pero ninguna se parecía a ti –respondió él, buscando sus labios.

De modo que no se había acostado con otra, pensó Emily mientras cerraba los ojos y levantaba los brazos para rodear sus poderosos hombros.

–Llevas demasiada ropa –murmuró Antonio, tirándola sobre la cama y desnudándola a toda prisa–. ¿Me has echado de menos?

–Sí –contestó ella, a pesar de sí misma.

Antonio había destruido su sueño al revelarle la razón por la que se había casado con ella y parecía contentarse con aquellos encuentros sexuales, como si eso fuera lo único importante en un matrimonio.

Furiosa consigo misma por amarlo, Emily lo tiró sobre la cama y se colocó a horcajadas sobre sus piernas, decidida a hacerle perder la cabeza.

–Estás muy ansiosa… quizá debería dejarte sola más a menudo –dijo él, burlón.

–Quizá deberías –asintió ella, envolviendo su miembro con la mano. Luego bajó la cabeza, su largo pelo rozando el torso masculino, para rozar la punta con la lengua.

Antonio dejó escapar un gemido de sorpresa y Emily siguió hasta que notó que estaba a punto de explotar. Entonces se detuvo.

Cuando levantó la cabeza, sus ojos eran dos pozos negros, su rostro tenso como nunca.

–Aún no –murmuró, deslizando la lengua por su torso y su cuello, sin dejar de acariciar provocativamente su miembro con la mano.

Pero entonces, lanzando un rugido, Antonio la levantó para penetrarla con su erecto miembro.

Salvaje y abandonada, Emily lo montó, arqueándose mientras él la llenaba hasta el fondo con potentes embestidas. La agarró por la cintura, haciendo que se moviese, girándola hacia delante y atrás en algo que parecía una lucha por la supremacía sexual. Emily sucumbió primero, apretándolo más con cada espasmo, y le oyó rugir su nombre mientras los dos se estremecían en un orgasmo que los dejó sin aliento.

Poco después abrió los ojos y encontró a Antonio mirándola fijamente.

–Ésta sí que ha sido una bienvenida –murmuró, apartando el pelo de su cara.

–Sí, en fin… estar dos semanas sin sexo no es bueno para nadie.

–Cuéntamelo a mí. Pero debe de ser más difícil para Helen… creo que durante unas semanas después del parto no se pueden tener relaciones.

–Sí, bueno, no creo que le importe porque ahora tiene un niño precioso.

–Eso es verdad. ¿A ti te importaría estar embarazada? Podrías estarlo.

No, no podía estarlo, pero ver a Helen con su hijo durante la última semana le había hecho recordar cuánto le habría gustado tener un hijo con Antonio… si él la amase. Pero era absurdo pensar eso. Antonio no creía en el amor y, por lo tanto, era incapaz de amar a nadie.

–No tengo prisa por descubrirlo –mintió, apartándose un poco.

–Viéndote con el niño me he dado cuenta de que serías una madre estupenda.

Un Antonio tierno era lo último que necesitaba.

Emily se sentía culpable, aunque no tenía por qué. Antonio la había engañado al casarse con ella y, en comparación, su engaño no era nada.

—Es posible —dijo, saltando de la cama—. Pero sólo llevamos unos meses casados y no somos precisamente el mejor matrimonio del mundo. Necesitamos tiempo para acostumbrarnos el uno al otro…

Emily no terminó la frase y, a toda prisa, entró en el cuarto de baño. Acababa de recordar que había dormido en casa de su hermano las dos últimas noches y se le había olvidado tomar la píldora.

Sacó la cajita del armario y miró las pastillas. ¿Sería peligroso tomar dos a la vez? Tenía la impresión de que sí pero había tirado el prospecto, de modo que no podía leer las indicaciones. Nerviosa, llenó un vaso de agua y tomó una píldora.

—¿Te duele la cabeza? —preguntó Antonio desde la puerta.

—¿Cómo? Pues… sí, algo así.

Sin decir nada, él abrió el armario donde había guardado las pastillas.

—Una píldora anticonceptiva que cura el dolor de cabeza… qué curioso.

Un hombre desnudo no debería parecer amenazador, pero Antonio lo parecía.

—¿No dices nada, Emily?

—¿Qué quieres que diga? —le espetó ella, negándose a ser intimidada—. No necesito excusa alguna. Estoy tomando la píldora, ¿y qué? Mi cuerpo es mío y yo decido lo que hago con él… tú lo tomas prestado para el sexo, nada más. Además, todo esto ha sido idea tuya, el amor no tiene nada que ver con nuestro matrimonio –por fin, Emily parecía haber recuperado la voluntad y no pensaba callar–. ¿De verdad crees que traería al mundo un hijo sin amor, sólo para que tú tengas un heredero? No puedes hablar en serio.

Durante tres meses había intentado controlar sus emociones con Antonio, pero eso se había terminado. Estaban hablando de algo demasiado importante.

–¿Ahora eres tú quien no tiene nada que decir? La verdad, me sorprende. Estás tan seguro de ti mismo, con tu dinero, tu poder y tu arrogancia… probablemente es la primera vez que has encontrado algo que no puedes comprar.

Emily sacudió la cabeza. ¿Era posible amar y odiar a alguien al mismo tiempo? Porque se le encogía el corazón al mirarlo y, sin embargo, lo odiaba.

–¿Cuánto tiempo llevas tomando la píldora?

–Desde que nos conocimos –contestó ella–. Cuando fui tan tonta como para creer que tú y yo podríamos tener una aventura. Después de todo, eras famoso por tus amantes. Imagina mi sorpresa cuando me pediste en matrimonio. Y yo acepté como una boba, pensando que te quería y que tú me querías a mí. Claro que enseguida me di cuenta de que tú no podías querer a nadie. Afortunadamente, ya estaba tomando la píldora.

Antonio, desde su altura, la fulminó con la mirada.

–¿Cuánto tiempo pensabas ocultarme que estabas tomándola?

–No creo que hubiera sido mucho tiempo. Tú

mismo dijiste que el deseo se acaba y, siendo un hombre con tal apetito sexual, no habría tenido que esperar demasiado hasta que me hubieras sido infiel… y entonces me habría divorciado de ti sin que pudieras hacer nada –Emily lo miraba a los ojos, sin amilanarse–. Tu único error fue no pedir una separación de bienes. De modo que pensaba divorciarme y exigirte la cantidad de dinero que necesita mi familia para librarse de ti. Deberías estar orgulloso de ti mismo, Antonio, me has enseñado bien –terminó, furiosa.

–Demasiado bien, parece –murmuró él, dando un paso atrás–. Acabas de demostrarme que eres una verdadera Fairfax, como tu padre. Y ahora que lo sé, no querría que fueras la madre de mi hijo aunque me pagases por ello. Pero te advierto que no voy a darte el divorcio. Nunca, Emily.

Una mano en su hombro la despertó. Cuando abrió los ojos, Antonio estaba a su lado en la cama, con una camisa negra y una chaqueta de cuero del mismo color.

–Puedes desayunar en el avión. Nos vamos dentro de una hora.

–¿Nos vamos? ¿Dónde?

–A Perú.

–Pero después de lo de anoche…

–¿Pensabas que te dejaría? No, Emily. Vienes a Perú conmigo. Prometo demostrar lo degenerado que era tu padre enseñándote la carta. Al contrario que tú, yo cumplo mis promesas.

Ella lo miró, sorprendida e indignada.

–Cuando volvamos de Perú, podrás hacer lo que quieras con tu vida –añadió él.

Para Emily, el vuelo a Perú fue terrible. Doce horas soportando el amargo silencio de Antonio. Lo amaba, seguramente lo amaría siempre, pero no había ningún futuro para ellos. Su matrimonio había terminado el día de la boda.

Incluso ahora, Antonio seguía insistiendo en esa ridícula historia sobre su padre… Sin embargo, en otro momento le había dicho que debía olvidarlo porque tanto su hermana como él estaban muertos.

Emily lo miró. Tenía la cabeza inclinada, concentrado mientras leía una revista económica. Se había quitado la chaqueta y el jersey negro se ajustaba a sus anchos hombros. Mientas leía, levantó una mano para apartarse el pelo de la cara, un gesto que le había visto hacer en innumerables ocasiones y que le parecía extrañamente enternecedor.

No, enternecedor no, no debía pensar eso. Aquella pantomima de matrimonio estaba a punto de terminar y aquél era el último acto. Sólo quedaban por delante las formalidades del divorcio. No se hacía ilusiones y seguramente era lo mejor.

Antonio le había dicho una vez que dejase de portarse como una cría… muy bien, eso era lo que iba a hacer.

Capítulo 11

EL ama de llaves sirvió el café en un patio de estilo español y los dejó solos enseguida.

—No sabía que tu casa fuera tan antigua —murmuró ella, mirando alrededor. La casa de Antonio, a doscientos kilómetros de Lima, era una finca de estilo español, llena de cuadros, tapices y obras de arte originales que debían costar una fortuna.

—La familia Díaz ha vivido aquí desde que mi antepasado, Sebastián Díaz, llegó a Sudamérica con los conquistadores —respondió él, levantándose.

—Pero me contaste que tu bisabuelo había desheredado a tu abuela. ¿Cómo has recuperado la casa? Ah, espera, no me lo digas: le hiciste al propietario una oferta que no pudo rechazar —dijo Emily, sarcástica.

—No, no fue así. Mi bisabuelo la echó de aquí, pero años más tarde su hermano mayor, que lo había heredado todo, se arruinó y mi abuela le compró la casa. Durante los últimos diez años de su vida, mi madre y yo vivimos aquí con ella.

—Ah, ya veo. Tu abuela debió ser una mujer asombrosa —murmuró Emily.

Hija desheredada de un rico hacendado, propietaria de un burdel para volver luego a la casa de su infancia… esa sí que era una jornada extraordinaria.

–Sí, lo era –asintió Antonio–. Una Díaz con el coraje necesario para hacerle frente a todo. Desgraciadamente, mi madre y mi hermana no heredaron esa fuerza de carácter –dijo luego, tomándola del brazo–. Ven, creo que ha llegado el momento de la gran revelación.

La llevó a un estudio con paredes forradas de madera y, después de indicarle que se se sentara en un sillón de cuero, abrió un cajón del que sacó un sobre.

–Lee la carta –le dijo–. Y luego llámame mentiroso si te atreves.

Con desgana, Emily tomó el sobre. El remite era la dirección de su casa en Kensington. No, no podía ser…

Luego empezó a leer.

Dos minutos después, doblaba cuidadosamente el papel y volvía a guardarlo en el sobre.

–Muy interesante –dijo, levantándose–. Pero, ¿te importaría que la estudiase en mi habitación? Estoy agotada del viaje. Podemos hablar de ello durante la cena.

–Sigues sin creerlo –murmuró Antonio, perplejo–. Nunca deja de asombrarme lo que es capaz de hacer una mujer para negar una verdad desagradable. Pero como tú quieras… cenaremos temprano, a las siete, para que puedas irte pronto a dormir.

Antonio no sabía qué pensar. Creyó que se pondría a llorar al leer la carta y comprobar que todo lo que había dicho de su padre era cierto, pero Emily no había mostrado emoción alguna. Claro que no debería sorprenderlo. Una vez lamentó haberle contado la verdad sobre su padre, pero ya no. Una vez había pensado que ése sería el único obstáculo en su matrimonio, pero fue antes de descubrir que Emily no tenía intención de ser la madre de sus hijos. Habría sido feliz como su amante, pero en cuanto a ser su esposa… era tan clasista como su padre.

Llevaba toda la vida soportando comentarios o rumores despectivos sobre su familia y ya no le molestaban. Pero había esperado que su mujer lo respetase. Sí, se alegraría de librarse de ella, pensó. Entonces se le ocurrió algo…

¿Por qué no mantenerla como amante hasta que se cansara de ese delicioso cuerpo suyo? Al fin y al cabo, eso era lo que Emily parecía querer.

No, inmediatamente decidió que su orgullo no se lo permitiría. Emily lo había utilizado como un semental. Y nadie usaba a Antonio Díaz.

Airado, salió del estudio para echarles un vistazo a sus caballos… al menos, ellos eran leales.

Un par de horas después Emily salía de su habitación. Aquélla sería su última cena con Antonio, pensó, mientras bajaba al comedor donde, según le había informado una criada, la esperaba «el señor».

Pero durante la cena se mantuvo en silencio.

–Parece que no te gusta la comida –comentó él cuando estaban terminando–. ¿O es otra cosa lo que no te permite probar bocado?

Había lanzado el guante, pero Emily estaba dispuesta para la pelea.

—Si te refieres a la carta, estoy de acuerdo en que los sentimientos que se expresan en ella son inaceptables. Te aseguro que lamento mucho lo que le pasó a tu hermana. La pobrecilla debió sufrir mucho...

—¿Eso es todo lo que tienes que decir?

—No —Emily había pensado mucho en la gente y las circunstancias que rodeaban a la carta—. Dime una cosa, Antonio, ¿tú veías mucho a tu padre?

—¿Qué tiene que ver eso?

—¿Tu padre trataba a tu hermana como si fuera una hija? ¿Era mucho mayor que tu madre?

—No trataba a Suki como si fuera una hija y tenía casi treinta años más que mi madre...

—Eso podría explicarlo todo —le interrumpió Emily.

—¿Explicar qué, que tu padre sedujo a mi hermana? No intentes inventar excusas.

—Muy bien, no lo haré —Emily se irguió en la silla—. Mi padre nunca escribió esa carta, Antonio. La letra es de mi abuelo, Charles Fairfax, que debía tener más de cincuenta años cuando mantuvo una aventura con tu hermana. Lo cual, supongo, es aún peor.

—Tu abuelo —repitió Antonio, incrédulo.

—Sí, mi abuelo. Charles ha sido el nombre de todos los primogénitos de mi familia durante muchas generaciones... salvo en el caso de mi hermano Thomas. Mi padre nunca se llevó bien con mi abuelo y no quiso ponerle su nombre.

–No puedo creer que Suki…

–Mi padre y mi tía se quedaron horrorizados por el comportamiento de su padre cuando tuvieron edad para descubrir qué clase de hombre era –siguió Emily–. Era un mujeriego, la oveja negra de la familia. Mi abuelo y mi abuela llevaban vidas totalmente separadas, pero compartían la misma casa. Cuando murió, su nombre no volvió a ser mencionado nunca. Era un hombre terrible y toda la familia estaba avergonzada de él. ¿Nunca te has preguntado por qué mi tío James, que es un pariente político, es el presidente del consejo de administración de Ingeniería Fairfax?

Antonio la escuchaba, atónito.

–Mi tío James era el gerente y la persona que se ocupaba de que la empresa no se hundiera hasta que mi padre fue mayor de edad. Mi abuelo no tenía cabeza para los negocios y se gastó una fortuna en mujeres. Así que ya ves, era una vergüenza para los Fairfax.

–Emily…

–Ahora ya sabes la verdad. No soy psiquiatra, pero lo que intentaba decir antes es que quizá tu madre y tu hermana estaban buscando una figura paterna. ¿Quién sabe? Es asombroso cómo algunos episodios de la infancia afectan a la gente. Mira mi tío Clive… ¿sabes por qué viste de esa forma y me anima a hacerlo a mí? ¿Te acuerdas del vestido de lamé plateado? Mi tío Clive cree que mi padre y Tom se han pasado intentando ser todo lo contrario a mi abuelo. Demasiado conservadores, demasiado estrictos, demasiado asustados de convertirse en

Charles Fairfax, el libertino. Y a lo mejor tiene razón.

–Emily… –Antonio alargó una mano para tocarla, pero ella se levantó a toda prisa.

–Que haya sido mi abuelo en vez de mi padre no cambia nada. Aunque me sorprende. Sueles ser tan concienzudo en todo lo que haces… ¿No te habías dado cuenta de que en la carta dice «si fuera un hombre libre, que no lo soy»? Eso debería haberte indicado que era un hombre casado. Cuando fue escrita, mis padres ni siquiera se conocían.

–No sé qué decir…

–No hay nada que decir. Aunque hubiera sido mi padre quien dejó embarazada a tu hermana… ¿por qué ibas a castigar a su hija? ¿Qué clase de retorcida venganza es ésa? –le espetó Emily–. Pero la verdad es que, aunque estabas equivocado, has acabado siendo el ganador. Como siempre, supongo.

–Siento mucho haberme equivocado, Emily. No habría dicho nada aquel día en el yate de haberlo sabido... deja que te compense de alguna forma. Dime lo que quieres y será tuyo.

Emily quería su amor, pero sabía que nunca podría dárselo porque era una emoción desconocida para él.

–No lo entiendes, Antonio. No ha cambiado nada. Sólo te casaste para vengarte de los Fairfax… y luego te indignas al saber que tomo la píldora –Emily sacudió la cabeza–. Me engañaste el día que me pediste que me casara contigo y me engañaste el día de nuestra boda. ¿Puedes devolverme la confianza, la ilusión? No, no lo creo. Y ahora, si no te importa, me voy a dormir. Me gustaría marcharme por la mañana. Lo antes posible.

Después de decir eso salió del comedor sin mirar atrás.

Antonio la esperaba al pie de la escalera al día siguiente.

–El helicóptero esta aquí y mi jet está esperando en el aeropuerto de Lima para llevarte donde quieras. El apartamento de Londres es tuyo. Yo no volveré a usarlo y no debes temer nada respecto a la empresa… ya no estoy interesado.

–Ah, qué generoso –dijo Emily, irónica.

–Sin duda volveremos a vernos algún día, pero si esperas un divorcio rápido, te equivocas. No voy a dártelo. Y, ahora si me perdonas, tengo caballos que atender. Espero que te hayas ido cuando vuelva.

–Te aseguro que no estaré aquí. En cuanto al divorcio, me da igual. No creo que tenga intención de casarme en mucho tiempo. Y no quiero un céntimo de tu dinero, no me hace falta. Lo único que quiero es tu promesa de que no harás nada en detrimento de Ingeniería Fairfax. Y lo quiero por escrito, Antonio.

–Lo tendrás –dijo él, antes de darse la vuelta.

Emily se decía a sí misma que era lo mejor, pero lloró durante el viaje de vuelta a casa y lloró en Londres, en la cama que habían compartido.

Capítulo 12

EMILY y Delia se apoyaron en la barandilla del barco para observar el bote que llevaba a los buceadores a una de las diminutas islas que formaban el archipiélago de Los Roques, en la costa de Venezuela.

−¿Crees que esta vez tendremos suerte? −preguntó Emily.

Delia, mayor y más sabia, hizo una mueca.

−Eso espero. Hace una semana que salimos de Caracas y es el cuarto grupo de coordenadas que probamos −respondió−. He estado comprobando el informe del tiempo y, por lo visto, un huracán se dirige a Florida y las islas del Caribe. Esperan que llegue a Jamaica en tres días.

Emily puso los ojos en blanco.

−Gracias por animarme, amiga. En fin, creo que voy a comprobar el ordenador. Parece que están a punto de lanzarse al agua.

Jake Hardington, el jefe de la expedición, quería bajar personalmente para comprobar el fondo marino, pero su segundo de a bordo, Marco, estaba en los ordenadores.

−¿Han encontrado algo?

–No. Acaban de llegar al sitio.

Emily se sentó a su lado y observó a los buceadores en la pantalla del ordenador buscando un tro-
zo de la quilla, los restos de un cañón... Después de
trescientos años cualquier cosa estaría enterrada y
cubierta de lodo.

Su trabajo consistía en localizar la posición de
los pecios hundidos y determinar si lo que encontraban pertenecía a un naufragio determinado.
Aquélla era la expedición más emocionante en la
que hubiera participado y, sin embargo, desde que
se marchó de Perú cinco semanas antes le había
costado trabajo emocionarse por nada.

Intentaba no pensar en Antonio, pero su recuerdo la perseguía día y noche. Especialmente por la
noche, mientras dormía en la cama que había compartido con él. Aún no le había contado a Helen y
Tom que se habían separado, pero tendría que hacerlo cuando volviera a Londres porque su cuñada
ya había empezado a hacer preguntas.

Irguiéndose en la silla, Emily concentró su atención en los ordenadores. Su matrimonio había terminado y tenía que seguir adelante. Aquella expedición era el principio del resto de su vida.

Antonio intentó sujetar al caballo al oír las aspas
de un helicóptero sobre su cabeza. Max otra vez...

Dos semanas antes lo encontró borracho y habían tenido una pelea. Según Max, iba de cabeza
al desastre. Había perdido a una mujer estupenda a
quien, si tuviese valor, intentaría recuperar, estaba

abandonando los negocios y no devolvía las llamadas...

Él le había dicho que lo dejase en paz, que no
sabía nada. Pero cuando se marchó dejó de beber e
hizo un par de llamadas para delegar el trabajo en
sus ejecutivos. No quería volver a su antigua vida
viajando por todo el mundo. De hecho, nada le in-
teresaba... con una excepción: Emily.

Antonio volvió a los establos, desmontó y le en-
tregó el caballo al mozo de cuadras.

–Cepíllalo bien –murmuró, dando un golpecito
en el cuello del animal.

Max lo esperaba en la casa con cara de pocos
amigos.

–¿Por qué no contestas a las llamadas? Llevo
veinticuatro horas intentando ponerme en contacto
contigo.

–Hola, Max.

–Al menos hoy tienes mejor aspecto que el otro
día.

–El aire fresco ayuda mucho –admitió Antonio.

–Y para ayudar es precisamente por lo que yo
estoy aquí. Es Emily.

–¿Qué pasa con Emily?

–Hemos estado vigilándola como nos pediste.
Está en Caracas.

–¿En Caracas?

–Sí, ya sé que no es el sitio más seguro del
mundo...

–Ahora sí que necesito una copa –Antonio entró
en el salón para servirse un whisky–. ¿Qué hace en
Caracas?

—Se ha unido a una expedición dirigida por Jake Hardington y su mujer, Delia. Puede que hayas oído hablar de él, es un famoso buscador de tesoros. Están buscando un barco pirata hundido frente a las costas de Venezuela hace no sé cuántos años…

—¿Estás diciéndome que Emily ha ido a buscar un tesoro pirata?

—Lo sé, jefe. Suena raro, pero así es.

—No, en realidad no es tan raro —Antonio se tomó el whisky de un trago—. Es la clase de cosa que hace esa mujer… ¿por qué no se lo has impedido?

—Dijiste que la vigilásemos, nada más. Ayer intenté hablar contigo por teléfono, pero lo tenías desconectado…

—Ya, ya.

—Ahora mismo están anclados en el archipiélago de Los Roques. Y debo añadir que no es fácil localizarlos. Los buscadores de tesoros tienen mucho cuidado para no delatar su posición… levan el ancla y se marchan sin advertir a nadie.

—¿Y por qué has venido hasta aquí?

—Porque ayer hubo un aviso de huracán. Se dirige al Caribe y el barco de Emily está en su camino. Pensé que querrías saberlo. He alquilado una lancha y…

—Nos vamos en cinco minutos —lo interrumpió Antonio.

Emily, agarrada a la barandilla, observaba desde cubierta mientras el bote de los buceadores luchaba contra las olas. El tiempo empeoraba por segundos y el barco era sacudido de un lado a otro como una cáscara de nuez, haciéndola sentir enferma; algo extraño porque ella nunca se había mareado durante una expedición. Claro que nunca había estado en un barco en medio de un huracán.

Todo a bordo se hacía a gran velocidad porque la amenaza de chocar contra el arrecife era inminente. Pero cuando por fin el bote llegó hasta el barco y los buceadores fueron izados a bordo, en el horizonte aparecieron dos fragatas venezolanas y, por medio de un altavoz, les pidieron que echasen el ancla. Para sorpresa de todos, unos minutos después fueron abordados por un grupo de marinos armados. El jefe de la guardia costera les dijo que volvían a puerto… y que todos estaban detenidos. Jake intentó averiguar por qué, pero se encontró con un silencio total.

Estaba oscureciendo cuando el barco llegó a lo que parecía una base naval.

Con camiseta y pantalones cortos, el pelo y la ropa pegados al cuerpo por la lluvia, Emily empezaba a tener miedo de verdad mientras eran sacados del barco a punta de pistola.

Los guardias se apartaron entonces y un hombre alto se abrió paso hacia ellos… Antonio.

Sus ojos negros parecían hundidos y quemaban como carbones en un rostro más delgado de lo que recordaba. Nunca lo había visto tan furioso. Estaba lívido…

–Se acabó, Emily –le dijo, tomándola por los hombros.– ¿Qué estás intentando hacer… volverme loco? Ir a buscar un barco pirata en medio de un huracán… se acabó, vas a volver a casa conmigo y no hay nada más que hablar. No quiero ser responsable de tu muerte. Ni siquiera Max puede seguirte…

–Emily, ¿ese hombre está molestándote? –preguntó Jake.

–¿Molestándola? –repitió él–. Y en cuanto a usted, ¿cómo se atreve a llevar a mi mujer en una estúpida expedición que podría haberle costado la vida? No sólo debería haber hecho que lo detuvieran, debería hacer que lo expulsaran del país.

–¡Antonio! –gritó Emily.

–¿Es tu marido? –exclamó Jake.

–Sí –le confesó ella.

–Ah, ahora recuerdas que eres mi esposa. ¿Por qué no te acordaste antes de empezar esta aventura? –le espetó Antonio–. ¿Qué pasa contigo? ¿Tu misión en la vida es matarme a sustos? ¿Por qué no puedes ser feliz como otras mujeres viviendo rodeada de lujos? –siguió, como un hombre poseído–. Pero no… yo tuve que ir a buscarte a una comisaría de Nueva York, he tenido que negociar con el gobierno venezolano para que una fragata fuese a buscarte… ¿Tú sabes lo que haces, Emily? Me das miedo. Quererte me va a matar… si antes no me arruina.

Quererla…

¿Antonio había dicho que la quería? Dentro de su corazón se encendió una diminuta llama de esperanza, pero dejó de pensar cuando él la envolvió en sus brazos, buscando su boca con desesperación.

–Podrías haber muerto –siguió él, con voz ronca–. ¿Seguro que estás bien?

–¿Has dicho que me querías? –preguntó Emily.

–Quererte… claro que te quiero, Emily Díaz. ¿Por qué si no estaría aquí, bajo la lluvia, haciendo el ridículo delante de todo el mundo?

Ella lo miró fijamente, buscando alguna señal, algo que la convenciera.

–¡Maldita sea! –exclamó entonces Jake Hardington–. Ese hombre te quiere, Emily. Dile que tú también le quieres y vamos a ponernos a cubierto de una vez.

–¿Me quieres, Antonio? –le preguntó en voz baja.

–Nunca he querido a nadie como a ti.

Al ver un brillo de vulnerabilidad en sus ojos su expresión se suavizó y la llamita que se había encendido en su corazón empezó a convertirse en una hoguera.

Tenían muchas cosas que solucionar, pero debía arriesgarse. Debía decirle que lo amaba si quería que hubiese una oportunidad para ellos.

–Te quiero, Antonio –dijo por fin, poniéndose de puntillas para buscar sus labios.

Antonio, nervioso, paseaba por la suite oyendo los sonidos que salían del cuarto de baño. Estaba deseando hacerle el amor, pero Emily había insistido en ducharse sola. Y él paseando por la habitación envuelto en un albornoz blanco como un idiota, esperando…

Aquello del amor era mucho más difícil de lo que había imaginado. Aunque la verdad era que él nunca lo había imaginado. Con las manos sudorosas, el corazón acelerado y el estómago encogido, empezaba a tener un nuevo respeto por esa extraña y poderosa emoción.

Emily había dicho que lo quería. También lo había dicho el día de su boda pero al día siguiente, cuando él cometió el catastrófico error de acusar a su padre, había cambiado de opinión. ¿Cómo podía estar seguro de que lo amaba?

Pero todo aquello era culpa suya y llevaba horas ensayando lo que iba a decirle. Lo tenía todo planeado. Lo único que necesitaba era que Emily saliera del cuarto de baño de una maldita vez.

Emily se envolvió en una toalla y, descalza, salió del baño más contenta que nunca. Antonio estaba en medio de la habitación con expresión seria.

–¿Has pedido la cena?

–Sí –contestó él. Y en dos zancadas estaba a su lado–. Emily, ¿podrás perdonarme algún día? Cuando pienso en las cosas que te he dicho, en cómo te he tratado desde que nos conocimos… mi única excusa es que no sabía lo que hacía. Estaba perdido y confuso por primera vez en toda mi vida.

–Eso ya no importa –dijo Emily en voz baja–. El pasado ha quedado atrás. La gente dice que los primeros seis meses del matrimonio son los peores, así que a nosotros aún nos quedan dos –intentó bromear.

—No podría soportar que siguieras enfadada conmigo —murmuró él, acariciando su pelo—. Necesito decirte esto, Emily. Tengo que… no sé como decirlo, confesarme contigo. Tras la muerte de mi madre descubrí la verdad sobre el suicidio de mi hermana Suki y me volví loco. El dolor se convirtió en cólera y decidí pagar esa cólera con los Fairfax. Pero, aunque no creas nada más, cree esto, Emily: me enamoré de ti el primer día. Ahora lo sé, pero entonces no quería admitirlo —Antonio se quedó callado un momento, mirándola a los ojos—. No creía en el amor porque había visto lo que el amor le había hecho a mi madre y a mi hermana, pero cuando te pedí que te casaras conmigo estaba loco de celos porque pensé que te habías arreglado para otro hombre. Y cuando te vi en la iglesia supe que esa imagen se quedaría conmigo para siempre. Tú eras todo lo que yo había querido, tus palabras de amor mucho más de lo que merecía… aunque en mi arrogancia pensé que era normal —Antonio intentó sonreír—. Y tú sabes lo que pasó al día siguiente… perdí los nervios cuando mencionaste a tus padres, pero la verdad es que me sentía culpable porque ni siquiera había sabido organizar una luna de miel. Estuve a punto de decirle al capitán que zarpara y dejase atrás a todo el mundo, pero ya era demasiado tarde. Y luego seguí comportándome como un canalla.

—Antonio, todo eso ya no importa —repitió ella, levantando una mano para acariciar su cara. Aunque esas revelaciones la llenaban de felicidad.

—Sí importa, tengo que decírtelo —insistió él—.

Luego en Grecia, pensé que todo estaba arreglado. Sólo cuando nos íbamos, cuando te vi con el traje azul que te habías puesto después de la boda, me di cuenta de que algo había cambiado. Me mirabas con tanta alegría, con tanto amor cuando estábamos a punto de marcharnos de Deveral Hall... pero eso se había terminado. Hacíamos el amor, pero nunca volviste a decir que me querías. No decías nada. Yo quería convencerme a mí mismo de que no importaba, pero claro que me importaba. Por eso decidí llevarte a Nueva York en lugar de ir a Londres. Porque... porque no podía soportar la idea de estar sin ti.

—¿Me secuestraste por un traje azul? –rió Emily.

—Sí. Pero luego te perdiste en Nueva York y, en cuanto lo supe, me marché de una reunión sin pensarlo dos veces. Nunca había hecho algo así, pero seguía negándome a mí mismo que algo había cambiado.

—Ese día me pregunté si yo te importaba de verdad...

—¿Importarme? –Antonio hizo una mueca–. Claro que me importabas, cariño. Pero yo era demasiado idiota como para darme cuenta.

—¿Y cómo...?

—Fue el día que volvíamos de la embajada de Perú, cuando me preguntaste por qué no me había casado con Luz. Entonces lo entendí todo. Nunca había tenido intención de casarme... ¿por qué estaba tan decidido a casarme contigo? No estoy orgulloso de ello, pero podría haber arruinado a tu familia. Necesitaba culpar a alguien, Emily. Pero cuando conocí a Tom y James empecé a perder entusiasmo por el proyecto porque era imposible odiarlos. Al contrario. Y luego te conocí a ti y… no podía dejar de mirarte.

Antonio levantó una mano para trazar con ternura el contorno de sus labios.

–Sólo podía pensar en ti. Eras la mujer más sensual que había conocido nunca. Y cuando descubrí que no tomabas la píldora… sé que no tenía derecho a ponerme furioso, pero pensé que me habías utilizado, que podía ser tu amante pero no era suficientemente bueno como para ser el padre de tus hijos.

–Oh, Antonio… –Emily le echó los brazos al cuello–. Nunca pensé eso. Te quería incluso cuando no debía quererte. Pero tú me dijiste que no creías en el amor y pensé que nuestro matrimonio no podía durar. Estaba convencida de que no podrías serme fiel y tenía celos de todas las mujeres que habían estado contigo.

–Lo siento mucho, cariño –se disculpó él–. Yo no quería hacerte daño. Te amo y, si no quieres tener hijos, me parece bien, pero no puedo dejarte ir. Te quiero tanto que me duele.

Emily se quedó sorprendida por el brillo de dolor, de miedo, que había en sus ojos.

–¿Qué tal si me muestras algo de ese amor del que tanto hablas? –le dijo al oído.

–¿Me quieres, Emily?

–Sí –contestó ella–. Y en cuanto a lo del niño… puede que sea demasiado tarde. Llevo cuatro semanas de retraso.

Antonio arrugó el ceño.

–¿Qué…? ¿Cómo…? ¿Cuándo…?

–Ya te puedes imaginar cómo –rió ella–. Y cuándo… la última vez que estuvimos en Londres. Se me olvidó tomar la píldora durante dos noches seguidas y éste es el resultado.

–¿Y te importa estar embarazada? –preguntó Antonio, casi sin atreverse a mirarla a los ojos.

–No, la verdad es que estoy encantada. Me hace ilusión que tengamos un hijo, pero ahora mismo a quien quiero tener es a ti –respondió Emily con expresión burlona.

Suspirando, Antonio la envolvió en sus brazos. Estuvo a punto de preguntarle qué demonios iba a hacer ahora con esa expedición, pero se detuvo a tiempo. Era Emily, su maravillosa y preciosa Emily. Y ella tomaría sus propias decisiones.

–Gracias a Dios –murmuró, mientras inclinaba la cabeza para besarla con toda la ternura que guardaba en su corazón.

El camarero llamó a la puerta del dormitorio y fue recibido con una palabrota. El hombre sonrió. Llevaba tiempo suficiente haciendo su trabajo como para entender que no era bienvenido y, sin hacer ruido, dejó el carrito de la cena en el salón y salio de la suite.

Bianca™

¿Cómo podía alguien tan poderoso como él querer casarse con una chica corriente como ella?

Sienna Torrance estaba acostumbrada a ayudar a la gente, pero Finn McLeod estaba resultando ser un paciente muy difícil. Sólo el tiempo y la habilidad de Sienna ayudarían al duro millonario a recuperarse de un terrible accidente. El problema era que Finn no estaba dispuesto a esperar…

Obligada a pasar día tras día con Finn en su explotación ganadera, Sienna no tardó en dejarse llevar por la pasión que los consumía a ambos. Lo que ella no esperaba era una proposición de matrimonio.

Mundos separados

Lindsay Armstrong

Deseo™

Recuerdos del pasado

Yvonne Lindsay

El accidente que le había borrado la memoria a Belinda le había dado a Luc la oportunidad perfecta para vengarse. Su hermosa prometida no recordaba haberlo abandonado el día de la boda, ni tampoco el verdadero motivo de su unión. Lo único que recordaba era la intensa pasión que aún sentían el uno por el otro... una pasión de la que el frío magnate pensaba aprovecharse.

**Si no recuperaba la memoria,
¿descubriría algún día la verdad sobre su matrimonio?**